11797. Bis
H

NOVVEAVX ADVIS
DV ROYAVME DE LA
CHINE, DV IAPPON ET DE
l'Estat du Roy de Mogor, successeur
du grand Tamburlã & d'autres Royaumes des Indes à luy subiects.

TIREZ DE PLVSIEVRS LET-
tres, memoires & Aduis enuoyez à Rome:
Et nouuellement traduits d'Italien
en François.

A PARIS,
Chez CLAVDE CHAPPELET, ruë
S. Iaques à la Licorne.

M. DCIIII.

LETTRE DV PERE
NICOLAS LOMBARD
ESCRITE DE LA
Chine, l'an 1598.

A tres-reuerend Pere Claude Aquauiua Ge-
neral de la Compagnie de Iesus.

Tres-reuerend Pere en
Iesus-Christ.

AV mois d'Octobre dernier
passé i'escriuis de Macao à
voſtre Paternité, luy donnant aduis briefuement de
toute noſtre nauigation, &
qu'apres eſtre arriué là ie fus deſtiné par
la ſaincte obeiſſance à la miſſion de la
Chine, ou maintenant ie me retrouue.
Ie luy manderay donc par ceſte cy, tout
ce qui s'offre à preſent de ces quartiers.
Mais auant tout ie remercieray infinie-
ment de tout mon cœur & Dieu noſtre

A ij

Seigneur, & voſtre Paternité auſſi de la
ſinguliere faueur, qu'auec ceſte miſſion
i'ay reçeu ſans l'auoir merité. Car elle
peut eſtre parangonnée auec les plus il-
luſtres, & ſignalees, qui iuſques à maintenant ſe ſoient faictes en ces pays des
Indes : pour raiſon de pluſieurs, & fort
rares qualitez, que ceſte nation à par
deſſus tout le reſte des Gentils. Plaiſe à
la diuine bonté de tellement me fauoriſer de ſa tres-ſaincte grace, que ie reſpō-
de à l'obligation, que i'ay de procurer ſa
cognoiſſance, & ſa gloire tant en moy
meſme, qu'en tous mes prochains.

   Donqu'en ce Royaume tres vaſte de
la Chine nous ſommes ſept de noſtre
Compagnie deſpartis en deux Reſiden-
ſes, & en vne miſſion. A Nachian Cité
de la Prouince de Quianſi reſidét le Pere Iean Soer, & le Pere Iean de Roche,
tous deux Portugais : en Schauſſé ville
de la Prouince de Canton, nous ſommes
François Martinez Chinois, & moy. Le
Pere Mathieu Ricchi, auec le Pere Lazare Catanee, & Sebaſtien Fernandez
auſſi Chinois ſont allez tenter l'entre-
priſe de Paquin, comme ſur la fin nous
dirons. Par la grace de Dieu nous auons

tous esté en fort bonne santé ceste année;
& ie puis dire de moy en particulier,
qu'auec cest air, ces estudes, ce peuple,
& choses semblables, ie m'accommode
tellement, & auec tant de facilité, qu'il
me semble estre au milieu d'Italie. Quãt
à ce qui concerne le Christianisme, ie le
pourray commodement, ce me semble,
reduire à ces trois poincts; sçauoir est à la
creance, que les Chinois ont aux Nostres; à la disposition de ces pays pour
receuoir nostre loy saincte, & aux moyẽs,
& instruments, qu'vne telle entreprise
demande.

Or commenceant du premier, la
bonne opinion, qu'à present ce peuple
a des Nostres, est telle par la grace de
Dieu, que ie ne sçay s'il faut qu'elle soit
plus grande pour la fin, que nous pretendons. Car quoy, qu'ils ayent esté
tenus en la Chine pour hommes de rare
vertu, & versés en toutes sciences; ce
neantmoins ceste bonne estime s'est ac-
creuë à present auec le nouueau nom,
qu'ils ont prins de trois ans en ça, prenant l'habillemẽt des Lettrés de la Chine, au lieu du nom & habit de Bonzes,
que nous portions au parauant. Car il est

à fçauoir que les Bonzes en la Chine,
côtre la couftume de tous autres Payës,
font tenus pour la lie du peuple, eftants
obligez de feruir aux Mandarins, auec
lefquels ils ne traitent, qu'eftant a genoux & quelquefois par grande faueur
leur parlent de bout, & eftants en pied.
Quant au refte du peuple ils n'en font
pas plus eftimez, pour l'opinion, croifi-
ie, qu'il a, que ce font hommes peu ho-
neftes, & du tout ignorants: & qui font
cefte profeffion pour fans aucun foucy
gourmander vne certaine penfion & reuenu, que le Roy leur affigne: Principa-
lement encore à caufe que les Chinois
font la plus part athées; & par ce comme ils ne croyent point aux Pagodes,
qui font les Dieux des Bôzes, ils ne font
auffi nul eftat des Bonzes leurs Mini-
ftres. Maintenant donc noftre compagnie s'eftant apperceuë, auec l'experience de quinze ans & plus, que d'aller ha-
billez en Bonzes ce luy eftoit vn empef-
chement perpetuel a gaigner ce peuple,
apres plufieurs Oraifons, & Meffes ap-
plicquees a cefte intention elle s'eft refoluë de prendre le nom, & veftement
des Lettrez. Ce quelle à fait, comme i'ay

dict auec l'approbation , & information
du P. vifiteur & de tout noz Peres de
Macao , Monfeigneur Dom Loys Cer-
queira Euefque du Iappon fe trouuant
mefme à la confultation . Ceft accou-
ftrement des Lettrés de la Chine eft fort
graue , & honefte de foy; & pourroit
paffer pardelà pour quelque habit, qui
foit , de Religieux de l'Europe . Si ta-
chons nous encores d'aller le plus fim-
plement , que fe peut, tant en l'eftoffe,
qu'en la couleur, nous conformant toufiours auec noftre inftitut , autant qu'il
nous eft poffible . Et par ce moyen les
Noftres font demeurez auec auctorité
finguliere à l'endroit des Chinois, lefquels fe font fort affectionnez à eux, tant
pour la reffemblance de mefme profeffion, & habillement , que pour pouuoir
auffi par ce moyen traiter familieremét
enfemble auec l'honneur & bien feance
de tous les deux coftez; Sçauoir eft fe vi-
fitant mutuelement , fe feeant efgale-
ment, & difputant plus volontiers fans
la crainte , qu'ils auoient deuant , de
perdre leur reputation & receuoir la
doctrine des Bonzes eftrangers , comme
auparauant on nous nommoit . Ie ne

A iiij

m'amuſeray point icy a raconter par le
menu les honneurs, & faueurs, que les
Chinois font aux Noſtres, depuis qu'ils
ont prins ceſte façon de viure. Il ſuffira
de dire, que nos Peres paſſent en tout &
par tout pour Lettrés, & au nom, & au
veſtement, & aux viſites, & aux preſents,
& en tous les autres tiltres & façons pu-
rement politiques, que les Lettrez Chinois ont en couſtume. Et ceſte bonne
reputatiō & renom, que la Compagnie
à maintenant, eſt non ſeulement à len-
droit des Lettrez: mais encore pres de
tous les Mandarins, plus grands & plus
petits & auec ceux de la maiſon du Roy,
qui ſont à Nanchian, ou eſt noſtre reſidence. Il n'y a pas eu faute toutefois,
cōme il aduiēt principalemēt parmy les
Gentils, de ceux qui ſecretement & ouuertement s'esforſaſſent d'eſpier, & exa-
miner nos façons de faire, comme nous
viuons, quel eſt noſtre eſtude, ſi nous
auons des femmes dedans la maiſon ou
dehors, & ſemblables choſes. Mais il a
pleu à noſtre Seigneur de maintenir &
preſeruer la Compagnie, comme vne
roſe plantée en ce pays par ſa toute puiſſance, laquelle tant plus qu'on la manie

& ferre, tant plus fouëfue, & viue odeur
elle donne: ainfi ceux mefmes, qui con-
uerfoient plus priuément auec les Noftres, en ont toufiours efpandu vn bon
bruit de faincte vie, & de doctrine vniuerfelle. Entre ces inftruments, defquels Dieu s'eft feruy, pour faire cognoiftre la Compagnie, le principal a
efté vn des Lettrez nommé Thaifo, qui
euft pour Pere vn Mandarin des grands
& mieux cogneus de la Chine, tant pour
les charges importantes, qu'il y euft, que
pour les liures, qu'il laiffa apres foy par
efcrit. Geftuy Thaifo fut long temps en
cefte maifon auec le Pere Mathieu Ricchi oyant quelques traitez de Mathema-
ticque, & en demeura tant fatisfaict &
affectionné, qu'il a efté par apres, comme vn Trompete & Herault de telles
perfonnes, & en particulier du Pere Mathieu Ricchi. Et pource qu'il eft tres-no-
ble & tres-grand perfonnage parmy les
Lettrez: & fils du Mandarin fufdit, il
traicte fort familierement auec les Tu-
tans, c'eft a dire, les Vicerois des Prouinces, & auec les autres plus grands de
la Cour, par tout ou il fe trouue, & a-
uec toute forte de perfonnes, difant tant

de bien des Noftres, que tous defirent
les cognoiftre & leur eftre amis; enten-
dans clairemét, que iamais en la Chine
ne s'ouïft, ne fut leu tel genre de doctrine, que maintenant ces Lettrez Europeans enfeignent. Et pour le dire au
vray, le fommet de leur eftude ne paffe
pas la fcience Romaine du temps de Ciceron : fi font ils tous cependant tres-
bien duits & exercéz en vn certain genre de compofition, qui refpond à noftre
Chrie, & tel autre exercice d'humani-
ftes. Leurs liures traitent fort bien des
chofes morales, & Politiques : Mais
quand ils viennent à toucher quelque
chofe de la philofophie naturelle, on
peut dire d'eux, ce qu'Ariftote de Me-
liffe *Peccant in materia & forma.* Ces iours
paffez deuifant auec vn de ces Lettrez
noftre amy, il me congratula de ce, que
i'auois finy de lire & entendre deux liures, l'vn intitulé *De adultorum difcipli-
na,* & l'autre *De medio fempiterno* : lefquels
ils tiennent, comme leur Metaphyfic-
que, & difent, que pas vn ne les peut
bien entendre, que les Chinois. Mais
a le dire vray, ie n'y trouuay non plus
de difficulté, qu'à lire Ciceron, ou Ti-

te Liue. Parquoy le Pere Mathieu Ricchi a couſtume de reſpondre a ceſte imagination, qu'ils ont, qu'ils deuroient
croire tout au rebours; & qu'il n'y a aucun, qui entende mieux leurs liures, que
ceux d'Europe. Dont on peuß inferer,
auec combien de raiſon les Chinois doiuent s'eſmerueiller, quand ils voient les
Noſtres diſputer, & traiter de toutes
choſes auec telle promptitude, & feçon-
dité. Mais afin qu'on entende mieux,
quel bõ office nous faict Taiſo publiant
& authoriſant les Noſtres par la Chine,
il me ſemble bien a propos de mettre
icy vne lettre d'entre pluſieurs, qu'il a
couſtume d'eſcrire au Pere Ricchi. Elle
eſt telle.

Coppie de la lettre de Thaiso.

THAISO[1] FRERE PLVS ieune, qui [2] me tiens à cofté pour eftre enfeigné, frappe la tefte en terre, & fais reuerëce au frere plus vieux, le Sieur Pere Mathieu Ricchi, illuftre Baron & Maiftre de la fleur de la grand loy: Et me iette aux pieds de fa Chaire.

DEPVIS noftre defpart, apres lequel fans m'en prendre garde quatre ans entiers font efcoulez, il n'a efté iour, que ie n'aye eu deuant les yeux la vertu rare de voftre reuerence. Or il y a maintenant deux ans, que venant en ces quartiers de Midy vn marchand de ma terre appellé Schiauquin, ie luy donnay vne lettre, afin qu'il s'informaft ou eftoit v. R. & comme elle fe portoit. Ie ne fçay, fi elle fut fi fortunée, que de pouuoir auoir entree à fa haute prefence. L'ãnee paffee fur le Printemps ledit Schiauquin s'en reuenãt i'apprins,

qu'il auoit vne lettre de v. R. pour moy.
Mais eſtant pour lors autre part, ie ne
peuz aller la receuoir en perſonne, & ce
marchand s'en retourna à Canton, dont
i'ay eſté iuſques à preſent ſuſpens & per-
plex en mon eſprit. Or maintenant que
ie vay vers la cité de Hohy, i'ay 3 veu Si-
quian, qui eſtoit logé chez Pecchiam, &
m'a dit, que v. R. eſtoit ia paſſee pour faire ſa demeure à Nãchian en la ruë, qu'on
nomme Quiente Cuon. Ce qu'entendant i'ay eu vn contentement indicible,
& le cœur m'en treſſaillant de ioye i'ay
voulu quant & quant enuoyer viſiter &
bienueigner v. R. attendu que cependãt
il m'eſt artiué vne lettre du Pimpu 4 de
Nanchin, par laquelle il m'appelloit : &
partant il falloit neceſſairement, que ie
m'acheminaſſe vers luy. Mais pendant
l'Automne & l'Hyuer il eſt neceſſaire
abſolument, que ie m'encoure pour ſçauoir comme v. R. ſe porte, & pour receuoir ſa doctrine parfaicte. Quand ie laiſ-
ſay v. R. ie luy dis, que ſi elle vouloit voir
la ſplendeur & les grandeurs de ce noſtre Royaume, il luy conuenoit paſſer
vers ces quartiers du Nord. & de plus
que mon pays 5 n'auoit rien d'importan-

ce, & que la Cour de Nanchin eſtoit
pleine de mille meſlanges : Parquoy la
Prouince de Quianci eſtoit ſeulement
propre pour y faire demeure, comme
celle, qui a des Lettrés de rares mœurs, &
d'eſprits bons & ſolides pour la loy. Ie
ne ſçay ſi v. R. en ceſte ſienne eſlection,
qu'elle a faict, trouue les choſes ſelon ce
que lors ie luy dis. Ie n'ay pas peu ſeulement ſçauoir, quand le changement ſe
fit, qui vint auec v. R. & qui eſt ſon protecteur en ce quartier. Ie croy qu'elle ſera là beaucoup mieux, qu'elle n'eſtoit en
Schiauché. I'ay maintenãt apprins, qu'il
y a par dela vn autre Seigneur de voſtre
noble pays. Ie croy que le frere Sebaſtien
Fernandez, & François Martines ſe portent bien. Combien de Seigneurs auec
vous de nouueau pour diſciples? qui eſt
demeuré pour garder la maiſon de Schiauché? Il y a ſept ans, que paſſant par
Nanchian, & traictant auec tous ces Seigneurs là, ie vins à diſcourir des rares
vertus de v. R. dõt il n'y eut aucun d'eux,
qui n'en demeuraſt eſtonné. En meſme
temps vn de mes compagnons appellé
Helo, vouloit quitter l'examen de Quiugini, & me ſuiure pour venir retrouuer

& feruir v. R. Mais voyant, que fa mere
eftoit vieille, ie l'exhortay à finir l'examen. De forte que la mefme annee ayant
pafsé ce degré, il fut fait le quatriefme
gouuerneur de Caucheo ville de la Prouince de Canton. Ceftui-cy paffant par
vos quartiers peut auoir veu v. R. Les Ia-
ponnois font de prefent à Corai: Partant les terres maritimes ont efté aduer-
ties de faire bonne garde: & ie me refouz
encores de me retirer plus au dedans &
m'approcher de v. R. en vn mefme lieu,
pour apprendre la fcience de la Philofophie, & la vertu de la loy. Ie ne fçay, fi ie
pourray attaindre à ce mien deffein. Mõ
fils eft ia de fix ans, & a vn maiftre qui
l'enfeigne en cefte ville de Nancian. I'ay
vn mien beau-pere parent du Roy, &
f'appelle Theci. Son fils eft mon gendre,
& peut auoir treize ans: v. R. les a elle
veu ou non? L'annee paffee ie rencon-
tray le Mandarin Hanlin, 7, qui ouïft
l'explication de v. R. fur 8 ce qu'il luy
propofa du poinct, ligne, furface, & pro-
fondeur. Depuis il ne ceffe d'en eftre ef-
merueillé, & de fe foufmettre à elle, difant que iufques à maintenant on ne vit
rien de pareil. Le Pinpu va toufiours de

plus en plus, honorant & dõnant credit
à v. R. & l'an paſſé il me voulut enuoyer,
comme en poſte pour prendre v. R. &
l'accompagner iuſques à la Cour. Mais
ie n'eſtois pas lors pour m'en retourner
en ces quartiers de Midy. Et partant ceſt
affaire ne reüſſit pas. Qui l'euſt peu penſer, qui ſe l'euſt peu imaginer que v. R.
fut ſi pres 9 que Nanchian ? D'autres
grands Seigneurs, ſemblables à luy, oyãt
la renommee d'icelle deſirent la con-
uier. Ie ne ſçay, ſi ſes hauts deſſeins per-
mettront, qu'elle face vne courſe vers
ſes quartiers, ie la prie humblement,
qu'elle m'en tienne aduerty. Ie n'auois
ceſte annee, à quoy me pouuoir occuper en mon eſtude ; & par ce recueillant
ce que v. R. m'apprint, i'en fis vn liure, &
le mettant au iour le fis voir au college
10 des Lettrez; il n'y eut celuy, qui ne s'en
eſmerueillat, & ne ſe ſoumit à elle, diſant, que v. R. eſt le Schingin, c'eſt à dire,
le Sainct de ce temps. Ce que ie vous y
ay adiouſté, aura aſſeurément quelque
faute. Et ie me doute qu'il ne contrediſe
à ſes hauts concepts. Parquoy i'enuoye
vn mien ſeruiteur qui luy porte la preſente, afin que v. R. le liſe, la priant hum-

blement de le voir exactement, & le corriger, si quelque chose merite d'estre retenue, qu'elle l'agence: si elle est contraire à la raison, qu'elle la biffe: à ce qui n'est pas bien declaré, qu'elle donne plus de clarté, & le perfectionne, escriuant le tout en vn autre liure à part. Et ie la supplie de me le renuoyer dans peu de iours par le mesme seruiteur ; pource que ie l'imprimeray quant & quant, afin qu'il coure & s'espande, faisant que la doctrine de v. R. se diuulgue & dilate par tout les quartiers du monde. Ainsi ceste amitié d'entre nous ne sera vaine.

En ces quartiers on fait grand conte des liures Hothu, Cosciu, Pequa, Queuscieu, Thaiquitu, & autres semblables, qui traictent du poinct, de la ligne, de la superficie, & de la profondité. Tous ces Lettrez font le cercle de la ligne: mais selon la doctrine de v. R. de la ligne se fait le terme, & l'extremité du cercle; & le cercle est dedans icelle. A raison dequoy traittât en ceste sorte du Thaiquié, c'est à dire de Dieu, elle deuance, & surpasse tous nos Lettrez. Et à la verité elle est suffisante pour esclarcir les tenebres de mille antiquitez, qui iusqu'à mainte-

nant n'ont point esté penetrées. Ie suis
seulement en tref-grand peine, de voir,
que le plus haut de mon stile est trop
bas,& insuffisant,pour pouuoir illustrer
& amplifier ses excellents conceps.Ie la
prie hnmblement de me faire sçauoir
par le menu ce qu'il y a de bien ou de
mal,afin de le pouuoir soudain changer,
& rabiller le tout. Cependant ie demeure auec vn extreme desir, & dressé sur la
poincte des pieds ie me tiens regardant
si ie pourray descouurir, & voir v. R. de
Suche le xxij.de la iiij.Lune, & du regne
de Vanlie 12.l'an xxiiij.

TH ÆISO PLVS IEVNE
frere,frappe vne autre fois de la
teste en terre, &c.

DE ceste lettre de Thaiso on peut
descouurir de quel humeur sót les
Chinois, & combien ils sont affectionnez & recognoissants à leurs bien-fai-
cteurs. Auec ce ie viens au secód poinct,
qui est de la disposition de ce peuple à
receuoir le sainct Euangile. Ie le traitteray briefuement, en touchant quel-

ques chofes plus importantes pour ra-
frefchir la memoire de ce qui fut efcrit
l'annee paffee.

Premierement donc il faut fçauoir,
que ce Royaume eft tref-vny, veu qu'il
n'a point de Princes particuliers ny autres Seigneurs, qui ayent des vaffaux:
mais tous tant grands que petits font ef-
galement fubiects à vn feul Roy, & Monarque, lequel fe tenant toufiours à Paquin gouuerne à baguete tout le Royaume, auec telle communication, & pour-
uoyant tellement aux negoces plus particuliers de toutes les villes, & villages
de la Chine, que fi c'eftoit vne feule famille, ou vne petite villette. Ce nonobftant il eft certain qu'elle eft diuifee en
treize Prouinces, & en deux cours de
Nanquin, & Paquin; & tout le Royaume a telle eftendue qu'il commence au
19. degré de la ligne equinoctiale, & va
iufques au cinquantiefme, vers le Septentrion. De forte que de cefte part il
contient en diametre cinq cens cinquāte lieuës d'Europe; Et fon diametre de
l'Orient en l'Occident eft prefque le
mefme, attendu que tout le Royaume
f'approche fort de la figure ronde. La

multitude des habitans refpond à l'eftendue du pays:& fans doute cefte vniõ,
& communication finguliere des Chinois auec leur Roy feroit de grande con-
fequence pour leur conuerfion. Car gai-
gnant vne fois la volonté du Roy, on
gaigneroit enfemble celle de tout le
Royaume, qui luy eft fi fubiect & bien
vny.

En fecond lieu de cefte grand' vnion,
de ce Royaume, vient qu'il n'y a qu'vne
langue vniuerfelle en toute la Chine,
qu'on nomme des Mandarins: & cefte
langue tout le monde l'entend, quoy
qu'il ne la fçache pas parler. C'eft proprement, comme vous diriez en Italie la
langue de la Cour de Rome, qui eft en-
tendue par tous les quartiers d'Italie;
combien que chacun aye toufiours chez
foy quelque dialecte en fa langue. Ce
qui facilite encore beaucoup le cours,
de la prédication Euangelique, puis
qu'apprenant vne feule langue on peut
s'employer au falut de tant & fi grandes
Prouinces.

Tiercemeut tout le Royaume de la
Chine eft fort fertile, & plantureux en
tout, & autant prefque, que l'Europe.

Les hommes y font fort induſtrieux, &
conſequemment riches pour la plus
part. Et par ce le viure encore y eſt à fort
bon marché:de façon que ſi noſtre ſaincte foy y eſt receuë on pourra fort ayſement y entretenir pluſieurs ouuriers
ſans importuner les Chreſtiens d'autre
part, comme on fait pour le Iapon, ou la
pauureté eſt ſi grãde, que ceux qui y trauaillent pour le Chriſtianiſme, ſont for-
cez de pourchaſſer de dehors des aumoſnes pour viure. Maintenãt meſmes vous
trouuerez en la Chine des monaſteres
de Bonzes ſans nombre, leſquels s'entre-
tiennent tous des rentes du Roy, outre
pluſieurs offrandes, que les particuliers
leur font. Et cependant ils n'ont ny foy,
ny eſperance en leurs Pagodes. Que fe-
ront-ils donc, quand ils orront, qu'on
leur donnera cent pour vn, voire en ce
monde,& par deſſus encores la vie eternelle,en l'autre?

Pour vn quatrieſme, les Chinois ſont
bien-faits & diſpos de leurs perſonnes:
Mais encores mieux complexionnez &
reglez en leurs façons. Ils ont naturelle-
ment vne grande douceur & benignité:
gardent fort la decence en leur marcher

& conuerſer : Ne portent aucunes armes, non pas meſme vn couteau, s'ils
ne ſont ſoldats : Et ceux cy encores lors
tant ſeulement, qu'ils ſont actuellement
en garde. Car en autre temps ſoit en
leurs maiſons, ſoit en chemin, ils n'ont
accouſtumé d'aller auec armes. Leur
veſtement eſt large & long, iuſques aux
pieds, tant des hommes que des femmes, & iceluy fort ſimple, & touſiours
d'vne façon, qui s'eſt conſeruee par pluſieurs centaines d'annees. Ils vont com-
munement les mains couuertes, enue-
loppees dans les manches de leurs ro-
bes : ſauf quand ils les ocupent auec l'eſ-
uentail, que d'ordinaire tous portent,
iuſques aux artiſans, vilageois, & ſemblables. C'eſt merueille, qu'il ſuruien-
ne icy quelque debat, ou contention de
paroles, voire parmy les gens de baſſe
condition. Laquelle encore en fin ſi elle arriue, ſe termine ſoudain auec quatre coups de poing, ou quatre iniures.
En ſomme quant à la bien ſeance exterieure, & ce qui conuient au dehors, il
me ſemble qu'en pluſieurs choſes ils ne
ſe laiſſent vaincre aux Europeans, ny en
quelques vnes aux Religieux meſmes.

En cinquiefme lieu, ie ne croy pas,
qu'il fe life és hiftoires de quelque autre
nation, qu'elle fe foit tant adõnée à l'eftude des lettres, que la Chinoife. Ce qui
aduient de ce que le Roy, duquel tous
dependent, comme membres du Chef,
ne defpart point les charges des Prouinces, & lieux particuliers, finon confor-
mement au degré, que chacun tient és
lettres. Parquoy tous indifferemment fe
iettent à l'eftude pour paruenir aux di-
gnitez & grades, que la nature corrom-
puë affecte tant. Ie diray vne chofe, qui
femblera incroyable, & fi la voy-ie cependant icy de mes yeux. C'eft qu'il fe
trouue autant d'Athenes, en ce Royaume, qu'il y a de villes, ou gros bourgs en
toute la Chine : Puis qu'en chacun d'i-
ceux il y a vniuerfité formee, ou tous
ceux du lieu font enfeignez & examinez, fans que ceux de cefte vniuerfité fe
meflent auecques ceux des autres. Ce
qui fe faict auec tant d'integrité des exa-
minateurs, qu'on donne pluftoft le iugement, & le degré à la compofition, &
puis on ouure le nom de l'Autheur, qui
eftoit cacheté. Et ce en outre auec fi grãde facilité & efpargne des eftudiãs, qu'au

lieu de payer quelque chofe à l'vniuerfité on donne des prix aux defpens du Roy
felon les merites du gradué, finalement
tout y eft fi bien ordonné, que pour paffer tous fes degrez & eftre Docteur en la
Chine, vn homme en tout le temps des
eftudes ne defpendra pas plus d'vn, ou
deux efcus en liures. A raifon dequoy pas
vn ne laiffe d'eftudier, & ne fait-on aucun eftat de la maifon, qui n'a fon eftude, & librairie, laquelle la plus part ils
ont és maifons champeftres, ou ils fe retirent plufieurs fois l'an pour eftudier
plus à requoy. De là vient, qu'on tróuue
icy des Lettrez fans nombre: Ains on
peut dire en verité, que tous les Chinois
font Lettrez: excepté feulement quelque petit nombre de marchans, d'arti-
fans, de feruiteurs, & de laboureurs:
Tous lefquels neantmoins, iufques au
plus pauure, apprennent du moins à lire,& à efcrire. Or tout cecy eft de tref-
grande importance,à ce que le fainct E-
uangile s'eftende icy auec autant de facilité, que de grand fruict. Car les efprits
font exercez pour bien, & pleinement
entendre les myfteres de noftre foy : &
                                              tous

tous ſçachant lire, & eſcrire peuuent apprendre d'eux-meſmes la doctrine Chreſtienne, &en quelque part, qu'ils ſoyent,
auoir auec eux des liures au lieu de predicateurs.

Sixieſmement, comme ils ont beaucoup de lettres, ainſi ont ils force loix &
fort bonnes pour le gouuernement po-
litique: Et ce qui plus importe, l'obſer-
uation d'icelle eſt tellement en vigueur,
que ſi Platon reuenoit au monde, il diroit ſans faillir, que le modele de ſa repu-
blicque eſt mis en praticque en la Chine. Vn des principaux moyens pour le
bon gouuernement, eſt de conſulter les
cas, qui ſe preſentent de plus d'importance, auec les Lettrez plus braues du
Royaume. Ce qui ſe faict imprimant à
Paquin les propoſitions, dont on doute,
& les enuoyāt de là par toutes les autres
Prouinces. Ce fait le Preſident de chacune d'icelles en aduertit toutes les villes en particulier, & chacune appelle à
l'examen, tous les Lettrez graduez, & faiſant eſlite de la fleur d'iceux l'enuoye à ſa
Metropolitaine, & capitale, ou tous les
Eſleuz de toutes les villes de la Prouince ſe raſſemblent. Là entrez en l'vniuer-

B

sité principale ils se mettent tous en
mesme temps à escrire leur aduis sur les
faicts proposez, & ce faict le President
de la Prouince reuoit auec ses Assesseurs
toutes les opinions, & choisissant les
meilleures les imprime en vn liure sous
le nom de sa Prouince:lequel apres il enuoye à la Cour de Paquin, ou tous les liures enuoyez de chasque Prouince sont
derechef reueuz par le College des Lettrez,& le conseil Royal. En fin ils les li-
sent au Roy,determinant ce qui se doit
faire. D'où vient,que tout ce qui s'arreste
à Paquin, est receu de tout le Royaume
les yeux fermez,comme chose venant du
Ciel. Or s'il est vray, cóme il est tres-ve-
ritable,que *Ibi salus,vbi multa cósilia*,cha-
cun peut penser, comment les Chinois
s'asseurent és choses politiques,leurs có-
seillers estans d'vn rare esprit, & infinis
presque en nombre, comme il se voit
par les catalogues imprimez. Et pour
donner preuue de cecy; ie traitteray seulement de ceste Prouince de Canton, ou
ie me retrouue. Icy doncques pour la
consultation Prouinciale s'assemblent
trois mille Lettrez dans leur ville capitale, lesquels sont la fleur, & l'eslite de

toutes les villes, & terres de la Prouince:
auec tel ordre, que de mille on en choisit
ores trente, ores quarante, & pour le
plus cinquante. Prenant donc ce plus
grand nombre de cinquãte, & les esleuz
pour ce conseil Prouincial estant trois
mille, il s'ensuit de necessité, que tous les
Lettrez & graduez de ceste Prouince re-
uiennent à soixante mille. Maintenant
si en vne Prouince se trouuent soixante
mille graduez, quel sera le nombre des
Lettrez, qui n'ont point de degré? Et si
cecy est en vne Prouince, quel en sera le
nombre, adioustant aux graduez ceux
qui estudient en ces treize Prouinces
auec les deux Cours souueraines? A ceste
merueille s'en adioint vne autre non
moindre, à sçauoir que tous ces Lettrez
sont vnis & d'accord singulierement par
ensemble, suiuans tous la doctrine d'vn
seul maistre & Docteur, qu'ils ont appellé le Confus. Dont on infere combien
les Chinois seroyent vnis en vn mesme
iugement & volõté, par le moyen d'vne
foy, d'vn Baptesme, & d'vn Dieu mesme.

    En septiesme lieu, d'autant que l'oysiu-
eté est l'origine de tous maux & qu'elle seule est suffisante de ruiner quelcon-

que republique, comme il eſt eſcrit és
ſainɛts liures, qu'il en print à ces cinq
citez infames : De là vient que les Chinois s'efforcent au poſſible de la bannir de leur Royaume. De ſorte, que
tous ſont ſi bien occupez, & embeſon-
gnez, que ie ne ſçaurois dire bonne-
ment, ſi le trauail des artiſans, & autres
gens de peine eſt plus grand, que celuy
des Lettrez. Si que dans la Chine ne ſe
peut trouuer vne troiſieſme bande, qui
ſoit compoſee de vagabonds. Il n'eſt beſoing, que ie declare les occupations
des artiſans dans chaſque ville ; ie tou-
cheray ſeulement, de quel eſguillon les
Lettrez ſont eſueillez à eſtre continuel-
ment en l'exercice des lettres. C'eſt que
non ſeulement ils ſont examinez pluſieurs fois, & à toute rigueur pluſtoſt,
que d'auoir leur degré ; mais encores
apres l'auoir eu ils ſont tous les ans ſouſ-
mis à ce meſme examen. Et ſe trouuant,
qu'ils ont profité en ſçauoir, on les aduance à vn plus haut degré ; comme auſſi au contraire, ſi par diſgrace ils ont re-
culé, on leur donne de griefues penitences, les demettant par fois de leur grade ;
tellement que ſoit pour ſe maintenir

en leur degré, ſoit pour paſſer à vn plus
haut, tous eſtudient touſiours, auec telle emulation & obſtination, que pluſieurs en deuiennent hectiques, aux autres la veine ſe rompt, & on a veu, que
quelques vns ſont tombez morts quaſi
ſondainement dans la ſale meſme de
l'examen. Et certes ie ſuis eſmeu à compaſſion de voir icy vn bon vieillard noſtre amy, lequel ayant ſes degrez il y a
quarante ans, ſe trauaille, & ſe tuë à s'e-
xercer au ſtile, & apprendre par cœur
des liures de ſa faculté, non autrement
que font parmy nous les petits enfans,
qui eſtudient en grammaire.

Pour vn huictieſme, ces gens ſont al-
lienes des noueautez. Et partant comme ils ſont fort fideles & obeyſſans au
Roy, ainſi ſont-ils encores tenaces extremement de leurs traditions, & couſtumes anciennes. Et ſur tout à conſeruer
pure & en ſon entier la doctrine de leur
Confus. De faict les interpretes rappor-
tent les ſentences du Confus, conferent
les diuerſes leçons, & content encores
le nombre des paroles, auec telle pri-
meur, & diligence, que c'eſt merueille.
Or combien ces façons de faire impor-

tent à cé que les herefies, & fchifmes
n'entrent aifement dans cefté Chreftienté, chacun le peut iuger bien toft.

Le neufiefme poinct fera, que non
feulement les Chinois ont grand foing
des chofes exterieures, & de conferuer
en paix leur republique. Mais qu'ils
font encores grand conte de l'interieur,
ornant l'ame de vertus morales. Parquoy ils font plufieurs œuures pies,
comme donner l'aumofne aux pauures,
entretenir des hofpitaux en toutes les
villes, & chofes femblables. Ils tiennent
pour chofe fainéte de mortifier & mat-
ter le corps, & de dompter par ce moyen
encore les paffions ; & partant ils ont
couftume de ieufner, quoy que d'vne
façon bien differente à la noftre. Car
leur ieufne confifte à f'abftenir de chair,
d'œufs, de laict, & de poiffon; pour le refte ils mangent tout ce qu'il leur plaift
& fi fouuent, qu'ils veulent. Par ainfi
nous n'auons point de difficulté quant à
cela, d'autant, que quand ils nous conuient, c'eft affez de leur dire, comme on
feroit parmy les Chreftiens, que nous
ieufnons. Ie dis le mefme de nos facrifices, offices, oraifons, dequoy ils s'edifiét

grandement. Ils trouuent fort bon de
n'auoir qu'vne femme, & font grand
conte de la femme, qui viuant chaste-
ment en viduité ne conuole à secondes
nopces. Voire les Mandarins leur donnent des prix & plusieurs priuileges, cōme les Romains faisoyent iadis à leurs
vierges vestales : En leurs liures on voit
particulieremēt recōmandé l'examen de
soy-mesme & de toutes ses actiōs, specia-
lemēt de celles, qui n'apparoissent point
aux autres; pource que les hommes ont
coustume d'estre plus negligens en icelles, à faute d'auoir quelqu'vn, qui les cē-
sure. A ceste cause ils loüent fort les re-
traictes, que quelques vns font en leurs
maisons champestres, & lieux solitaires,
pour vacquer à la contemplation de la
lumiere & cognoissance naturelle, &
pour se reformer eux mesmes en se re-
mettāt vne fois au premier estat, auquel,
comme ils disent, ils furēt créez du Ciel.
C'est la cause pour laquelle en ces quartiers florit vne congregation d'hommes
Lettrez, lesquels fuyant les distractiōs de
la Cour, & les charges des gouuerne-
mens, demeurent en repos chez eux vac-
quans au susdit exercice, & s'assemblant

entr'eux font des conferences à guife de
ces anciens peres du defert.

Les femmes ne fe laiffent pas vaincre
aux hômes en cecy. Car il y en a force,
qui fe font Nonnains à leur façon, & viuent enfemble és Monafteres, regies feulement de l'Abbeffe. Ie laiffe à dire, que
toutes les femmes de la Chine viuent a-
uec tant d'honnefteté, & fi retirées chez
elles, que fi elles eftoyent dans vn cloi-
ftre. Elles ont grand foing d'honorer &
d'aider les morts, quoy que ce foit en
vain. Entre toutes les vertus morales,
defquelles les Chinois fe glorifient plus,
l'obeyffance au pere, & à la mere tient le
premier rãg: & ils difent qu'en icelle gift
la perfection de l'homme. Parquoy ils
font pour eux chofes extremes, fpeciale-
ment, quand ils meurent: ils fe reueftent
de dueil trois ans entiers, & ce temps
pendãt ils ne fe marient point, du moins
auec folemnité; ne prennent point de
degré, n'admettent nulles charges; ains
f'ils font en quelque office ils le quittent
foudain, ou qu'ils fe trouuent fe retirans
chez eux pour faire leurs obfeques. Fi-
nalemẽt à ce qu'aucun ne s'oublie de ce,
qu'il doit faire en ce renouuellement de

foy-mefme, & pource qu'il y en a, quoy
que bien peu, qui ne fçauent pas lire, &
afin que les enfans puiffent fuccer auec
le laict les preceptes & regles de bien viure, ils ont vn fommaire des fix commã-
demens, que tous doiuent garder, pour
eftre publié & recommandé à viue voix,
y ayant pour ceft effect des hommes ga-
gez par toutes les ruës des villes. Ce
qu'ils font tous les quinze iours, fçauoir
eft aux nouuelles, & plaine, lunes; Et par
ce moyen à mefme temps, à mefme iour,
ains à mefme heure, qui eft bien peu deuant le Soleil leué, par toute la Chine,
quoy que fi grande, en toutes les villes, &
par toutes les rues la mefme doctrine des
fix commandemens eft publiee. Ce font
ceux, qui f'enfuiuent. Le premier, obeyr
au Pere & à la mere. Le fecond, reuerer
les plus grands, & les fuperieurs; Le troifiefme, mettre paix entre les voifins. Le
quatriefme, enfeigner fes enfans & nepueux. Le cinquiefme, faire bien chacun
fon office. Le fixiefme, ne faire rien de
mal, comme tuer, paillarder, defrober,
& autres chofes, ou ils mettent, prefque
tous nos commandemens de la feconde
table. Car le huictiefme, neufiefme, &

B v

dixiefme fe tirent aifément de leurs liures.

Finalement, quant à ce qui concerne
la Religion, & les commandemens de
la premiere table, vniuerfellement parlant, les Chinois font athees, principa-
lement les Lettrez. Parquoy ils fe foucient peu, ou point, que leurs Pagodes
foyent adorez, ou non; quoy que bon
nombre d'iceux aye fes Pagodes en fa
maifon,& que par tout le Royaume force temples fe voyent confacrez à eux,
ou les Bonzes font le feruice. Or comme
ils font athees, ils ne fe foucient point
ny ne penfent aux chofes de l'autre vie;
ne difputans aucunement de l'immorta-
lité de l'ame, ny du guerdon & fuppli-
ce, qui l'attent vn iour felon fes œuures.
Ce qui nous fait efmerueiller beaucoup
voyant, que perfonnages de tant de iugement, bien verfez aux lettres, & tant
amateurs de l'honnefteté foyent fi aueuglez en chofes fi claires,& importantes,
comme font. Qu'il y aye vn feul Dieu
Createur, & Gouuerneur de l'vniuers;
Que l'ame raifonnable foit immortelle;
Et que par confequent elle doit eftre re-
compefee, ou punie felon fes merites, &

choſes ſemblables: attendu meſmemēt, que ces veritez peuuent eſtre aiſément recucillies de leurs liures, & des traditiōs antiques, & peintures, qu'ils ont en plu-ſieurs lieux du San-Pao (qui eſt leur Dieu) des peines de l'enfer, &c.

I'ay touché briefuement ces dix poincts, & conditions, afin que tout le monde ſçache , combien les Chinois s'approchent de la lumiere de la raiſon, & comme ils ſont bien diſpoſez à ce, que ſur tels fondements on puiſſe prompte-ment dreſſer l'edifice des commādemēs, & conſeils Euangeliques. Et certes c'eſt vn grand contentement de voir, com-bien aiſément ils ſe rendent à la verité; & peut-on dire ſans exaggeration, que tous les Chinois non ſeulement ne reſiſtent point à noſtre ſaincte foy, quand on la leur preſche; ains qu'ils l'approuuent en-core beaucoup, voire, qui plus importe, deſirent, & demādent d'eſtre enſeignez.

I'aurois beaucoup à dire, touchant ce-cy: mais ie l'obmets par briefueté, con-tent de mettre ſeulemēt quelques exem-ples, qui monſtreront le concept, que les Chinois forment de nos choſes.

Le Tauly , qui eſt comme preſident

de deux villes , à fçauoir de cefte-cy & de
Nanhiun, vint vn iour vifiter ce logis,
& voyãt vne Image du Sauueur, demanda, de qui elle eftoit. Luy eftant refpondu, que c'eftoit du Schauti, (ainfi nom-
ment-ils Dieu en leur langue, & vaut
autant à dire, que Roy fouuerain, lequel
tout homme doit recognoiftre fur peine
de tref-grand peché) Le Tauly repliqua,
ou c'eftoit que cela fe traittoit. Car il
n'en auoit iamais rien leu, ny entendu.
Et luy eftant dit, que cela fe traittoit en
noftre Loy, il demanda foudain, que
nous la luy monftraffions : mais oyant
qu'elle n'eftoit encore traduite en langue Chinoife, il monftra d'en eftre fort
marry, nous exhortant de la tourner au
pluftoft, & qu'il viendroit lors nous en
demander vn exemplaire. Tandis que le
Pere Lazare Catanee eftoit icy, vn Mandarin d'vne autre ville, qui auoit ouy le
bon bruit des Noftres, vint auec de fes
parens pour s'informer de la doctrine,
que nous prefchions : Et pour autant
qu'il eftoit tard, quand il vint, il ne peut
eftre pour lors entieremēt fatisfaict. Parquoy le lendemain il reuint à bōne heure pour acheuer d'entendre, cōme il pen-

ſoit, tout le reſte de noſtre loy. Or le Pere luy declarant certains poinᵭs, il demanda du papier, & de l'ancre pour les
notter. Ce que ne ſe pouuant commodé-
ment faire, il le pria de luy donner ſon
nom, & ſurnom par eſcrit en Chinois:
Pource qu'il vouloit ſe reſſouuenir de
luy, & ſe reſoluoit de reuenir le voir a
meilleure commodité. Vne autre fois,
comme le P. Ricchi traitoit auec Thaiſo cy deſſus mentionné, il luy raconta
quelque exemple de nos ſainᵭs, qui a-
uoient laiſsé parens, amis, poſſeſſions,
& Royaumes pour ſeruir a noſtre ſei-
gneur. Ce n'eſt pas grand cas, luy dit
Thaiſo, de faire cecy & beaucoup plus, a
qui attend en l'autre vie vne telle beati-
tude, que voſtre loy promet. Quant a
nous iuſqu'à preſent nous ne nous ſommes pas mis a faire tels eſſais, pour ce
que nous n'auions point de loy, qui
nous promit aucune recompenſe.

En la ville de Nanchian il y a vn Let-
tré de grand' authorité, qui eſt ſuperieur,
& maiſtre d'vne congregation de ceux,
qui vacquent à la reformation d'eux
meſmes, & à plus de trois cens diſciples,
Ceſtuy-cy traitant auec le P. Ricchi, lors

qu'il alla donner commencement a ceste Residence, & entendant les difficultez, que le P. trouuoit en cest affaire ; il
tascha de le consoler, & luy donner courage disant. Il faut, Monsieur, que vous
preniez cœur : vous auez a endurer beaucoup ; vostre nom est par tout fort cele-
bre, & venant icy pour vne fin si noble,
que de prescher vostre haute loy, il faut
de necessité, que plusieurs difficultez, &
contradictions vous trauersent : sçachez
que cela mesme est arriué a toutes les autres sectes, lors qu'elles s'introduisirent
en la Chine : Mais auec le temps & la patience tout se facilita & vainquit peu a
peu. Ce fut le conseil de ce bon homme,
qui monstra, combien hautement il sen-
toit de nostre saincte loy, la iugeant mesme telle, qu'en fin on l'embrasseroit en
la Chine.

Vn autre Mandarin tenu pour fort
prudent, & graue, apres auoir ouy le
sommaire de la loy Chrestienne, ne
douta point de dire, que si le Confus
estoit viuant, il auroit sans faute suiuy
& embrassé ceste doctrine. Ce qui est la
plus grande loüange, que les Chinois
puissent donner à l'Euangile, attendu

qu'ils tiennent le Confus en tel rang &
opinion, que nous S. Iean Baptiste. Tels
& femblables rencontres fe font en la
Chine pour le Chriftianifme, & ce non
en vn, ou deux lieux, mais en plufieurs,
& diuers endroits de ce Royaume. Nous
auons faict le conte, qu'il y a des Mandarins en plus de dix Prouinces, qui co-
gnoiffent, & ayment nos Peres. Nous
n'auons pas encore fçeu, que les Mandarins des autres cinq Prouinces co-
gnoiffoient noftre Compagnie, mais il
eft bien probable, que les Noftres leur
foient cogneus, à caufe qu'ils vont a tour
gouuernant ores cefte Prouince, ores cefte autre. Et afin qu'on voye que cefte
familiarité, & affection ne confifte pas
feulement en paroles, plufieurs des fuf-
dicts Mandarins nous côuient à demeurer en leurs terres; de façon qu'on pourroit maintenant faire vn bon nombre de
Refidenfes en diuerfes Prouinces.

Icy ie viens a penfer, que quelques
vns m'eftimeront hyperbolicque, & que
ie dis de la Chine, non ce qui eft, mais
ce que ie defire eftre, m'oppofant les
mauuais traitements, qu'on fit icy aux
Noftres les annees paffees. A quoy ie

respons, qu'il est bien vray, que la chose passa ainsi, comme on l'escriuit lors,
voire que les difficultez y furent plus
grandes, qu'on ne le peut exprimer par
lettre. Mais quelle meilleure nouuelle
pourroit on donner aux predicateurs de
Iesus-Christ crucifié, q̃ d'auoir les croix
apprestees? Afin toutesfois, que ceste nation ne demeure point tachee de ce pre-
iugé contre sa conuersion, ie dis, que
tout cela aduint lors, que les Nostres alloient en habit de Bonzes ; Là ou depuis
ayant changé l'accoustrement des Lettrez, les choses par la grace de Dieu vont
autre train , comme nous auons dict.
Faict en outre a considerer le lieu ou ces
contradictions aduindrent , qui fut en
Schiangin premierement & apres en
Schiauché, toutes deux villes de la Prouince de Canton qui est a comparaison
des autres plus au dedans, fort rustique
& sauuage. Parquoy les Mandarins,
qui passent par icy , nous conuiãt à leurs
terres, rendent ceste raison entre autres,
qu'ils ne peuuẽt souffrir, que nous soyõs
parmy des Mangins, c'est a dire hommes
Sauuages & Barbares. Et que si nous

voulons voir la police, & ſplendeur de la
Chine, il faut laiſſer l'eſcorce de ceſte
Prouince de la liziere, & paſſer iuſques
à la moüelle du Royaume. Thaiſo nous
conſeille le meſme, comme on peut voir
en ſa lettre au Pere Ricchi, que nous a-
uons rapporté cy deſſus. Que ſi quelque
autre veut dire, que ie ſuis trop credule,
& me laiſſe tromper au beau ſemblant,
& apparence exterieure des Chinois,
n'ayant meſmement traité auec ce peuple que peu de temps, ie reſpons que ie
ne pretends point de faire les Chinois
Chreſtiens, pluſtoſt qu'ils ne ſçachent,
qu'il y a vn Dieu : mais i'entends ſeulement de monſtrer leur bône diſpoſition
à ſuiure la foy Chreſtienne. Et quoy
qu'ils approuuaſſent ce que nous diſons,
ou faiſons, par vne ie ne ſçay quelle ciui-
lité, & honneſteté, ou bien par curioſi-
té, voire encores pour quelque intereſt
propre, ce ne ſeroit pas grand merueille, eux eſtans encores payens. Quant à
nous cecy doit ſuffire, meſme à ce commencement, qu'ils trouuent bon ce que
nous leur diſons. Que diſ-ie qu'ils le
trouuent bon ? C'eſt bien aſſez, qu'ils y
ouurent l'oreille, & ne contrediſent

point, ny nous chaſſent de la Chine. Car
on doit eſperer, qu'oyant ainſi la parolle
de Dieu, quelque petit grain ſera touſiours pour cheoir en bonne terre. Et
pour ſatisfaire plus amplemēt a l'obiect
ſuſdict, il ſuffira de dire, que les choſes
vont ainſi, que nous les auons eſcriptes.
Ce qu'eſtant, s'il ſe peut dire, que la Chine parlant humainement, eſt fort preſte
de receuoir le ſainct Euangile, ou non;
tout bon iugement en iugera, & me dira
ou c'eſt, qu'on lit d'autre nation, qu'elle
aye tant de belles qualitez tout enſemble, comme a la Chine pour ceſt effect.

Il me ſemble bien donc, qu'on comprend aſſez de tout ce qui s'eſt dict, combien eſt diſpoſé ce Royaume pour ſe cō-
uertir à la religion Chreſtienne. Mais
ou ſont maintenant les ouuriers, qu'vne
moiſſon ſi abondante, & ample recher-
che? Il ny a point eu icy iuſqu'à preſent,
q̃ trois des Noſtres; leſquels apres auoir
bien profité en la langue, ont eſté enle-
uez par diuerſes voyes. Car le P. François Paſi, & le P. Duarte de Sando furent
mis hors la Chine par le commandemēt
du Tutan. Le P. Anthoine Dalmeide
auec le Pere François de Pierre, comme

l'vn fucceda à l'autre en la charge, ainfi
l'vn apres l'autre paffa a vne meilleure
vie. Le feul P. Ricchi eft toufiours demeuré, & demeure par la grace de Dieu,
comme vne colomñe tres-ferme de cefte miffion, quoy que non fans peine ex-
ceffiue. Et vne des chofes qui a plus affli-
gé ce bon Pere, a efté de voir, que durant
tant d'années il ne s'eft peu iamais employer à bon efcient à la conuerfion de
ce peuple, fe trouuant toufiours empef-
ché a dreffer au langage quelque compa-
gnon, qui le puiffe aider en cefte charge.
De forte qu'on n'a peu faire rien plus en
ce Royaume iufques a prefent, que d'entretenir noftre Compagnie. Maintenant
par la bonté de Dieu nous fommes fept
des Noftres, & en tel credit, qu'auons
monftré. Mais qu'eft tout cecy pour vn
fi grand, & fi peuplé Royaume? Et fi du
Iapon, ou il y a cent & tant des Noftres,
auec force ieuneffe des feminaires tres
prefte a trauailler aux conuerfions, on
demande neantmoins des nouueaux ouuriers; que deuons nous autres faire, en
la Chine qui eft plus grande, que le Iapon autant de fois, qu'on fçait en Europe? Voftre Paternité donques, qui a ce-

ſte entreprinſe tant a cœur, recognoit
bien, quelle neceſſité il y à en cecy, &
quel en eſt auſſi le remede, ſçauoir eſt
d'enuoyer d'Europe force des Noſtres,
qui ayent fini leurs eſtudes, & ſoient
forts & robuſtes. Ie dis d'Europe, pour
autant, que ceux qui s'eſleuent aux Indes, ſont a peine ſuffiſans pour icelles,
& pour les entreprinſes, qu'on y va tous
les iours commenceant. I'ay dit auſſi,
qu'ils euſſent finy leurs eſtudes, pource
qu'il eſt neceſſaire, qu'ils puiſſent faire
des liures, ou du moins les traduire en
langage Chinois, ceſtuicy eſtant le vray
moyen de combatre & ſoufmettre a la
verité ceſte nation. I'ay dit encore de
plus qu'ils fuſſent forts, & gaillards,
d'autant qu'on a beſoing quaſi d'vn autre aage pour ſe rendre bon ouurier en
ceſte langue. Car il ne ſuffit pas d'apprendre la langue commune, comme on
fait traitant auec les autres gentils; Mais
il eſt encore neceſſaire d'eſtudier leurs
ſcience; Aquoy ſont requiſes bonnes
forces, & vn grand eſtude, pour autant
que leur langue eſt vne des plus diffici-
les, qui ſe trouuēt; & ce pour trois qualitez, qu'elle a. La premiere, que toutes ſes

dictions sont monosyllabes, ce qui nous
donne tres-grande peine; d'autant que
l'oraison en est ainsi mince, & entre-
couppee. La secōde, quelle est fort equi-
uoque, vne parolle signifiāt plusieurs, &
diuerses choses; & ne se distinguant que
par certains accēts, ou plustost tous mu-
sicaux. Ce qui demande vne oreille fort
delicate & vne prononciation fort clai-
re, & distincte. Autrement suruiennent a
chasque pas dix mille tragedies; ainsi
qu'arriua a vn des Nostres, lequel voulant prouuer aux Chinois, qu'il y auoit
en Europe des nauires si haults, & capa-
bles, qu'vne tour, donnoit au mot, qui signifie *Nauire*, l'accent de celuy : qui signifie *vne brique*. Chose, que les Chinois a
bonne raison ne pouuoient croire en façon quelconque argumentant, combien
grāde deuoit estre la fournaise, qui pouuoit cuire vne bricque si monstreuse ; a
quoy on s'en pouuoit seruir, &c. C'est e-
quiuoque, & diuersité de tous trauaille
les Chinois mesme, de sorte qu'ils ne
s'entendent pas entre eux. Parquoy pour
euiter toute ambiguité, ils redoublent
deux, ou trois paroles, comme synony-
mes d'vne mesme chose : & par fois s'ex-

pliquent par les Antithetes, & contre-
pofitions: Mais pour le plus citent quelque fentence des liures, ou foit la parole, dont on doubte. La troifiefme condi-
tiō eft n'auoir alphabet, ou nombre certain de lettres. Car chafque chofe à fa
lettre, ou pour mieux dire fa figure, &
hieroglyficque; De forte qu'il eft neceffaire d'apprendre toute fa vie de noū-
ueaux alphabets à chafque iour. A ce trauail de langage s'adioint vn autre de l'e-
ftude de leurs fciences, lequel ne doit, ny
ne peut eftre euité des Noftres. Premierement pource que les Lettrez traitent
entre'eux ordinairement auec termes, &
phrafes des liures beaucoup diuerfes du
parler commun, & vulgaire: tellement
que les Chinois idiots ne les peuuēt entendre: & la plus grand part eftant des
Lettrez, qui font chefs & guides des autres, il faut que les Noftres traitent auec
eux en leur langue. Dauantage les Chinois ne choififfent pour maiftres, que
ceux aufquels toute leur vie ils peuuent
auec honneur s'affubietir: & n'eft eftimé
fage, qui ne profeffe leur faculté. Dont il
eft neceffaire, que les Noftres les eftudiét.
Finalement il eft befoin de prendre cefte

peine pour refuter leurs erreurs auec
leurs armes propres , entant qu'on les
trouue a propos: côme auffi pour appré-
dre le ftyle de la côpofition, ou traductió
des liures en langue Chinoife. Que perfonne pourtant ne perde cœur, eftimant
peut eftre impoffible de pouuoir auoir
entree à cefte langue. Car le pere des mi-
fericordes , & Dieu de toute côfolation,
côme il excite les efprits a aider ces gentils, ainfi il conforte, & confole ceux qui
le feruent en cela , & leur facilite toutes
chofes difficulteufes. A prefet nómemét
que nous auons l'affiftance de ces freres
Chinois, & vne verfion du Sufchiu liure
plus important des Chinois, que le Pere
Ricchi mit en latin auec la plus part du
Calepin Europee-Chinois. De forte,
qu'eftant en fanté, & eftudiãt diligêment
on peut en quatre ans paracheuer fes
eftudes, arriuant a tel poinct, que de pouuoir traiter prôptemét de toutes chofes.
Ce que ie puis affeurer pour l'experiéce,
que i'en ay de moy-mefme. Car n'ayant
efté icy qu'enuirõ dix mois, ie puis par la
grace de Dieu fubuenir, en cas de neceffi-
té, a vne confeffion fans interprete.

Outre plufieurs , & bons ouuriers on

auroit befoing d'vne bonne prouifiõ de
liures. Car ayāt a traiter auec gens de lettres, & nous faifant profeffiõ d'eftre tels,
on voit affez, cõbien cela eft neceffaire,
mefmemēt en ce temps que les Chinois
ont vn grand cõcept des Noftres, fçauoir
eft cõme de Tāgins, qui fignifie des Predicateurs de la loy, & reformateurs de
l'efprit. Quāt à la qualité des liures, V. P.
peut bien iuger, quels feront bons, foit
pour l'ayde & confolation des Noftres,
foit pour faire voir aux Chinois, quel gē-
re de liures & de fcience floriffent en Europe, & cõme la verité de noftre faincte
foy y eft bien fondée. Particulierement
la Bible du Roy a plufieurs lāgues feroit
fort a propos, & fignammēt fi elle eftoit
bien, & curieufement reliee. Car ces
payens ne prifent les chofes, que felon l'ornement exterieur d'icelles. On
pourroit l'accompagner d'vn texte du
Canon bien couuert, des Peres anciens,
& particulierement des dix Docteurs de
l'Eglife; pource que les Chinois s'efton-
nent, quād ils entendēt, qu'en Europe y a
tant de Docteurs: cõfideré qu'ils n'en ont
tous qu'vn feul, nommé le Confus. I'en
dis autant de quelques Theologiens
Scho-

Scholaſtiques, & Poſitifs, & de quelques Philoſophes tant ſpeculatifs, que
moraux. Ie voy bien, qu'en peu de paroles ie demande beaucoup: mais i'y
ſuis contrainct d'vn coſté par la neceſſité, que nous auons de tout cecy: & de
l'autre la pieté & liberalité de ces Seigneurs d'Europe, ſpecialement de Rome, faict que ie me cõfie, qu'ils ne nous
manqueront en vne choſe tant importante à la gloire de Dieu noſtre Seigneur, & a la promulgation de ſon
ſainct Nom, en ce treſ noble & fleuriſ-
ſant Royaume.

Nous auons auſſi beſoing d'Images
pour pouuoir ayder auec icelles, & cõ-
ſoler les nouueaux Chreſtiens. Et par
ce nous fiãt de la meſme pieté, & ſainct
zele des Seigneurs de delà, les ſuppliõs
humblement, qu'ils vueillent coope-
rer à la conuerſion de ces ames, nous
enuoyant quelques Images tant pain-
tes, qu'imprimées. Entre toutes ſeroiẽt
a ces commencements fort à propos
celles du Sauueur & de la benoiſte
Vierge, à laquelle tous les Chinois,
quoy que Gentils, ont grande deuotion, & font tres-humble reuerence,

C

battant de la teſte en terre en l'appellant *Schim mu nian nian*, c'eſt à dire, *ſain-*
cte mere & Royne des Roynes. Et de plus ce
ſeroit vn bien & conſolation ſinguliere d'auoir deux de ces liures, que fit le
P. Ieroſme Natal, afin, que quand les
Mandarins viennent tirez par le bruit
& renom des Europeans, nous puiſſiõs
leur monſtrer choſe, qui nous donne
ſoudain occaſion de ſemer, ce que ceſte miſſion porte. Et pour ayder les
idiots & plus ſimples, il ſeruiroit beaucoup d'auoir quelques petits liurets
groſſiers, & de douzaine, les figures
deſquels repreſentaſſent les myſteres
de la Foy, les Commandements, les
pechez mortels, & les Sacrements. Car
tout cecy ſe tient par deçà pour tres-
artificieux & ſubtil, à cauſe de ſes ombrages, que les peintures Chinoiſes
n'ont point. Parquoy ces iours paſſez
vn de ces Gouuerneurs vint icy; &
voyant vn petit liuret des myſteres de
la vie du Sauueur, il en demeura tout
raui, & vouloit en fin, que ie luy en fiſſe
vn preſent. Mais iugeant peu conuenable de le mettre en main d'vn payen,
ie m'excuſay, diſant, que c'eſtoit le liure

de noſtre Tau , c'eſt à dire , de noſtre
Loy, dont ie ne me pouuois priuer. Et
replicquant, que i'auois raiſon, m'en
demanda vn autre, qui ne fuſt pas tant
neceſſaire. Ainſi ie luy preſentay les ſa-
bles d'Eſope figurees qu'il receut auec
les deux mains en m'en remerciant,
comme ſi c'euſt eſté le plus ſubtil ouurage, qui ſortit onc de Flandres.

C'eſtoyent les trois choſes , qui ſe
preſentoient maintenant pour eſtre
propoſees à V. P. comme fort neceſſaires à ayder ceſte Chreſtienté, ſçauoir
eſt ouuriers , liures , & images. Plaiſe à
Dieu noſtre Seigneur d'ouurir les
moyens, & expedients à V. P. de pouuoir ſatisfaire en tout cecy, & à ſon zele, & à noſtre beſoing. Cependant nous
irons trauaillant à forger les armes de
ceſte langue, & apres vn Catechiſme
pour le mettre en lumiere , lequel fut
premierement compoſé par le P. Ricchi, & puis reueu, & perfectionné par
le P. Viſiteur , & autres de Macao.
Nous eſperons en la bonté de Dieu,
qu'il ſera pour apporter grande lumiere à ce peuple, leur faiſant voir clairement, combien leur doctrine eſt man-

que à comparaiſon de la Noſtre. Les
Chreſtiens, qu'on a faict iuſqu'à maintenant, donnent commencement de preuue , que le Chriſtianiſme eſt pour mer-
ueilleuſement bien reuſſir en la Chine;
quand auec la grace de Dieu les Noſtres
commenceront à courir çà & là public-
quement, & a preſcher meſmes és places. Ce qui ne s'eſt faict iuſqu'à preſent,
pource que lors, que les Noſtres le pouuoient faire, ayant deſia la langue aſſez à
commandement, ils nous furent oſtez,
comme auons dict. Et ceux, qui ſont icy
auec moy, horſmis le P. Ricchi, & deux
freres Chinois, ſont encores nouueaux
en ce pays. Pource auſsi que nous iu-
geons eſtre meilleur de commencer par
le Roy meſme, ainſi que noſtre benoiſt
P. François Xauier de bonne memoire
auoit deſſeigné. Ce que tandis qu'on at-
tendoit, il ſembla bon de ne preſcher a-
uec plaine liberté, de peur que ces Mandarins ne ſoupçonnaſſent, qu'il ſe tra-
maſt en ce Royaume quelque reuolution, & trouble d'où vint la perte , &
ruyne entiere de ceſte miſſion. Et à la
verité, comme nous le touchons maintenant au doigt, les Noſtres ne le trom-

perent point attendant ainſi auec patience & longanimité le temps determiné au conſeil priué de Dieu pour la
conuerſion de ce peuple , puis qu'ils
ſont venus par ce moyen à ſe faire cognoiſtre , & acquerant ce bon bruit ſont
arriuez au poinct , & eſtat , qu'auons
eſcrit. En fin c'eſt à preſent , que nous
y penſant le moins , par le moyen d'vn
grand Mandarin s'eſt ouuert le chemin
deſiré des Noſtres par tant d'annees,
de pouuoir s'acheminer à la cour de Paquin? pour traiter auec le Roy, du ſubiet,
pour lequel nous ſommes icy. Par ainſi
le mois de Iuillet paſſé le P. Ricchi, le P.
Catanee auec Sebaſtien Fernandez partirent pour y aller. Nous auons ja ſçeu,
qu'ils eſtoient arriuez à la Cour de Nanquin; dont ils eſtoient pour paſſer à celle
de Paquin. Nous n'auons ſçeu encores
ce qui en eſt ; mais de ce voyage vers Paquin le P. Ricchi en eſcrit au Pere Recteur de Machao , lequel ſans faute in-
formera plainement de tout V. P. Parquoy ie feray fin en inuoquant humblement l'interceſſion de touſe la Cour celeſte, & particulierement de la B. Vierge,
des glorieux Apoſtres S. Pierre, & S. Paul,

& de tous les Anges protecteurs, & gardiens de la Chine; afin que deuant le Throne de la tref-fainɛte Trinité ils nous impetrent vn bon commancement, meilleur progrez, & tres-bonne fin de cefte entreprinfe tant importante; & a ce que reüffiffant, comme par la bonté de Dieu nous efperons, à la gloire de fon S. Nom, & augmentation de la S. Eglife Catholique, toute creature dife, *Sedenti in Throno, & Agno, benediɛtio, & honor, & gloria, & poteftas in fecula feculorum. Amen.* Ie me recommande bien fort aux S. facrifices, oraifons, & benediɛtions de V. P. de Schiauché, ce 18. Oɛt. 1598. De V. P.

Seruiteur & fils en noftre
Seigneur
NICOLO LONCOBARDI,

ADDITIONS POVR L'IN-
telligence de la lettre de Thaiso.

1

T H A I S O   F R E R E   P L V S
ieune) *C'est autant que dire, Ie tel, & de ce
respect ils vsent traittant auec leurs esgaux, ou
Superieurs.*

2   Qui me tiens à cofté) *Se tenir à cofté
est en la Chine de l'enfant au Pere, du Disciple
au Maistre, &c. Ceremonie qu'ils gardent en
se seant, non comme entre nous estant les deux
au pair en ligne droicte; mais la droicte de l'vn
respondant à la gauche de l'autre, en sorte qu'ils
viennent à faire vn angle droict.*

3   I'ay veu Siquiamo) *C'est vn Mandarin de la ville de Nanchian, qui auoit là mesme
traicté auec le Pere Ricchi vn peu auparauant.*

4   Du Pimpu de Nanchin) *C'est le President du conseil de guerre, qui a charge de toute la millice Chinoise.*

5   Mon pays) *Il s'appelle Sucee, & resortit
à la Cour de Nanchin; laquelle il dit estre pleine de mille meslanges, pour la grande multitude, & varieté d'habitans; qui y sont de toutes
Prouinces, conditions, degrez, &c.*

6   L'examen de Quiugini) *Grade ainsi
appellé, & qui se donne aux Lettrez en la Chine.*

C iiij

7　Le Mandarin Hanlin) *Il est du Collège des Lettrez, & du conseil Royal de Paquin.*

8　Sur ce qui luy proposa du poinct.) *Ceste dispute fust auec le Pere Lazare Catanee, qu'il estoit demeuré en Schiaucheo estant le Pere Ricchi à Nanchin.*

9　Fust si pres, que Nanchian) *De Nanchian à Suchee pays de Thaiso il y a dix iournees, & de Schiaucheo trente ou enuiron.*

10　Le fist voir au College des Lettrez) *Ceux-cy sont encores du Conseil Royal de la cour de Paquin.*

11　Et le Schingin) *C'est le plus grand tiltre, qui se puisse donner à vn homme en la Chine, & signifie vn qui naist sainct, & sçauant en perfection, qui peut estre maistre de tous, comme fut leur Confus. Ils tiennent, que chasque cinq cens ans doit naistre vn Schingin, & maintenant ils donnent ce nom au Pere Ricchi.*

12　Et du regne de Vanlie) *C'est le nom du Roy d'apresent, qui commança à regner à l'aage de seize ans, & en a regné vingt & cinq.*

F I N.

LETTRES DV PERE
ALEXANDRE VALI-
GNAN, VISITEVR DE LA
Compagnie de IESVS au
Iappon & en la Chine.

AV REVEREND PERE
CLAVDE AQVAVIVA,
General de la mesme Compagnie.

MON REVEREND PERE
en nostre Seigneur.

La paix de JESVS-CHRIST, *&c.*

DEPVIS la mort de Taicosama souuerain Seigneur de
tous les Royaumes du Iap-
pon, il a pleu à Dieu le Createur nous exercer en ces contrées, par
diuers & bien differens succez d'affaires,
nous tenant tantost en crainte, par l'ap-
prehension des dangers qui nous me-

C v

nasſoyent: tantoſt nous reſiouyſſant par
quelque faueur celeſte?& touſiours par
vne particuliere prouidence, guident
tellement nos trauaux, que ſa diuine bôté n'a iamais manqué à nous donner force & courage parmy les aduerſitez, ny
permis que les proſperitez nous fiſſent
oublier de noſtre deuoir. Il a tellemeut
entrelaſſé les contentemens auec les
troubles,& temperé les trauerſes par ex-
traordinaires viſitations d'en-haut, que
ſon ſainct Nom a eſté touſiours de plus
en plus glorifié,le credit & reſpect du S.
Siege Apoſtolique augmenté,le nombre
des fideles ſi bien accreu que depuis le
mois dernier de Feurier (que furent eſcrites les dernieres lettres) iuſques à ce
mois d'Octobre, nous auons en diuers
lieux baptizé pres de quarante mille perſonnes , deſcouuert pluſieurs moyens
pour en côuertir encore plus grãd nombre,& commencé à rebaſtir pluſieurs E-
gliſes,qui furent ruynées il y a deux ans,
comme nous dirons en ſon lieu.

Mais afin que voſtre Paternité entende plus clairement tout le progrez &
ſuccez des affaires de pardeça , deſquels (maugré nous) depend entieremét

l'aduis que nous defirons vous donner
de l'eſtat de noſtre compagnie, & de ceſte nouuelle vigne de noſtre grand Maiſtre, il vous faut reſſouuenir comme Taicofama (ainſi que nous eſcriuimes l'an
paſſé) auant que mourir, par vne mer-
ueilleuſe ſorte de ferments, par diuerſes
alliances qu'il fit, & ſubordination qu'il
mit entre les Regens & autres Seigneurs
des terres de ſon obeyſſance, s'efforça de
tellement diſpoſer les affaires de ſon
Empire Iapponois que le gouuernemēt
peuſt eſtre continué ſans troubles ou reuolutions, iuſques à tant que le Prince
ſon fils en fut capable & entraſt en poſ-
feſſion. A ces fins il luy fit fiancer la
niepce du plus grand Seigneur du Iappon, nommé Gieiaſo, lequel il conſtitua
comme tuteur & protecteur dudit Prince, preſident & chef de tout le gouuernement, qu'il voulut eſtre adminiſtré par
autre quatre grãds Seigneurs, afin qu'e-
ſtans tous participans de ceſt honneur,
& quaſi eſgaux en authorité ils n'euſſent
point d'occaſion de ſe faire la guerre les
vns aux autres: Ioinct les nouuelles alliances qu'ils auoyent contracté entre
eux, & pluſieurs ferments, par leſquels

ils s'eſtoyent obligez à viure en bonne
paix. D'autre part le meſme Taicoſama tenant pour ſuſpect le grand
pouuoir & authorité de ces cinq Seigneurs, en choiſit pareil nombre d'autres qu'il auoit faits de ſa main, enrichis
& eſleuez aux grandeurs, & auſquels il ſe
fioit entierement. Partant leur donna-il
l'immediat gouuernement non ſeulement de la perſonne & de la Cour du
Prince, ains auſſi de tout le Royaume du
Iappon, à cõdition toutesfois de rendre
conte des choſes de plus grande importance, à Gieiaſo, & aux quatre Regẽs ſes
collateraux. Tellement que ſes quatre
auec Gieiaſo auoyent l'honneur, & portoyent le tiltre de Regens, mais l'entier
gouuernement eſtoit és mains des autres cinq affidez, le chef deſquels eſtoit
Gibunoſcio, le plus grand amy que Taicoſama eut iamais.

Soudain apres la mort de Taicoſama
tous les ſuſdits, ſuiuant la promeſſe
qu'ils luy auoyent fait, & cõformement
au ſerment preſté entre ſes mains ordõ-
nerent que toutes les loix par luy pu-
bliées, auec le reglement couché dans
ſon teſtamẽt, fuſſent de poinct en poinct

gardees & obſeruees ſelon leur forme &
teneur. En conſequence dequoy ils
commanderent qu'on mit fin à la guerre de Corai, & que tous les Iapponnois
ſe retiraſſent au pluſtoſt, ainſi que Taicoſama auoit ordonné. Ce fut vn Prince ſi
excellent en ce qui concernoit les affaires de ſon eſtat que tant par la nouuelle
forme du gouuernement qu'il traſſa,
comme par les alliances des mariages
qu'il traiċta, & autres inuentions, renforcées par les magnifiques dons & pre-
ſens qu'il fit auant ſa mort à tous les
Seigneurs du Iappon grands & petits,
il ſ'obligea ſi bien leurs cœurs, & les rendit tellement affectionnez à ſon ſeruice, qu'ils prindrent tous au poinċt
d'honneur, de maintenir le Prince ſon
fils en l'Empire, & faire entierement obſeruer tout ce qu'il auoit ordonné pour
le gouuernement des pays de ſon obeyſſance. En quoy ils ſe comporterent ſi
bien, qu'en tout le Iappon on ne trouua perſonne qui donnaſt aucun ſigne
d'alegreſſe pour la mort de Taicoſama,
comme on auoit couſtume de faire au
decez des autres Souuerains Princes;
ains ſ'en monſtrerent tous fort triſtes

& dolens. Nous receuions d'heure en heure plusieurs aduis de diuers Gentils-hommes Chrestiens, qui vous prioient de ne rien alterer en l'estat de nos affaires domestiques, ny monstrer tant fut peu d'aise de c'est accident, iusques à tant qu'on eut plus clairement veu comme le tout reüssiroit. Chacun se tenoit coy & sur ses gardes, entre crainte & esperã-ce (ainsi qu'il aduient en semblables cas) attendant le succez des affaires. Nous ne manquasmes pourtant de nous seruir des occasions que nostre Seigneur nous presenta pour l'aduancement de son Sainct seruice. Car Gibunoschio & Aso-nodangio tous deux Regens, estans ve-nus de Meaco à Schimo, pour mettre fin à la guerre de Corai, selon la resolu-tion prinse par tous les Regens, & en r'appeller l'armee Iapponoise, nous les visitames & fusmes tres-bien receus par eux, & gangnasmes tant, que par lettres qu'il mescriuirent depuis, ils approu-uerent mon retour au Iappon, permet-tans que ie m'arestasse à Nangasaqui (qui est le seul lieu où Taicosama nous auoit permis de resider; & promettans (specialement Gibunoschio intime du

Seigneur Augustin Trunc camindono
Seigneur Chrestien) d'auoir à cœur nos
affaires , & nous fauoriser autant que le
temps leur permettroit. Mais parce qu'il
n'estoit pour ceste heure là possible de
rien innouer contre les ordonnances de
Taicosama, il nous exhortoient à prendre patience , & attendre ce que Dieu
nous enuoyeroit auec le temps.

Or comme il est mal aisé que ceux qui
commandent à l'esgal demeurent long
temps en paix, sans auoir quelques pic-
ques & dissensions, au Iappon; Gibunoschio & Asonodangio qui iusques à ce
temps auoient esté mortels ennemis l'vn
de l'autre, quoy qu'ils n'en fissent point
semblant; & au Corai certains Seigneurs
qui estoient là, commencerent à se que-
reller pour raison de quelques difficultez qui se presentoient sur la conclusion
de la paix auec ceux de Corai , & retour
de l'armee au Iappon. Tellement qu'ils
se mipartirent en deux factions , & soudain qu'ils arriuerent au Iappon, ceux
qui auoient suiuy le sieur Augustin estāt
en Corai, s'vnirent auec Gibunoschio;
& ceux du party contraire, se rengerent
auec Asonodangio. Il y auoit beaucoup

de Seigneurs de marque d'vn cofté & d'autre. Auec Auguftin outre Gibunofchio & fes adherens, eftoyent les Seigneurs d'Arima & d'Omura, auec leurs confederez; le Roy de Saxuma Gianangauádono, auec la nobleffe de Chicungo, & entre autres le bon Tofchirondono, & Tarazauandono, Gouuerneur de Nāgafaqui, & plufieurs autres Seigneurs de diuers quartiers. De l'autre bande eftoit Afonodángio, Canfuídono Seigneur de la moitié du Royaume de Fingo, limitrophe de celuy d'Auguftin, duquel il eft ennemy mortel, Cainócamo, & Iquinócamo, Seigneurs du Royaume de Bugen, & finalement Nabéfchima, Seigneur de Figen.

Les deux factions ennemies ainfi defcouuertes, s'acheminerent vers la Cour qui eftoit à Meaco, où l'vn party accufa l'autre, chacun faifant fçauoir fes plaintes, & fefforçant de ruiner fon aduerfaire. Gieiafo & plufieurs autres Seigneurs femployerent pour pacifier le tout, mais il n'y eut moyen, iufques à tant que la Sentence fut prononcée en faueur du Sieur Auguftin. Combien que les partifans d'Afonodángio n'en furent pas con-

tents, ains s'accoſtans de quelques Seigneurs de la Cour, & ceux cy d'autres, en
attirerent petit à petit ſi grand nombre,
que dans peu de iours ils mirent tout le
Iappon en euident peril d'vne guerre ciuile, de laquelle pouuoit fort aiſément
reſulter vne reuolution generale de tout
ceſt Empire. Car Gibunóſchio ſe declara contre Gieiaſo, diſant qu'il entrepre-
noit plus ſur le gouuernement que ſa
charge ne portoit, & qu'il monſtroit
clairement ſe vouloir rendre ſeul Maiſtre de la Tenze, qui eſt la principale piece du Iappon. Les choſes vindrent à tels
termes que chacun ayant prins les armes, Gibunóſchio & les autres Regens,
firent parler clairemẽt à Gieiaſo, de certains articles qu'ils diſoyent auoir contre luy. Gieiaſo diſſimula pour lors bien
à propos, & leur rendit bon conte de ſes
actions. Mais dans peu de iours apres il
fit venir de ſes terres plus de trente mille
ſoldats, auec leſquels il ſe fortifia le
mieux qu'il luy fut poſſible. Toute la nobleſſe du Iappon eſtoit pour lors en cour
& ſelon l'ordonnance de Taicoſama
ſe retiroit partie à Fuſciſmo, forterreſſe
voiſine de Meaco, partie à Ozaca pour

rendre plus d'honneur au ieune Prince,
eſtant tous pres de ſa perſonne. Qui fut
cauſe qu'on veid tout à coup les plus
grands diuiſez en deux partis, les vns ſuiuant Gibunoſchio & les Regens, les autres adherents à Gieiaſo, quoy qu'à l'exterieur il ſe monſtraſt neutre, & ſe por-
taſt pour amy de tous. Ce bruit eſpars
par les côtrées voiſines, les ſoldats com-
mancerẽt à courir chacun vers ſon chef
& Seigneur, tellement qu'en peu de
temps s'aſſemblerent à Fuſchimo & O-
zaca plus de deux cens mille perſonnes,
& chaſque Seigneur ſe tenoit en ſon ho-
ſtel entouré de ſoldats & gendarmes,
comme s'il eut eſté aſſiegé. Les rues e-
ſtoyẽt couuertes de ſoldats qui alloyẽt &
venoyent nuict & iour auec vn tel bruit
& tintamarre, comme ſi tout le monde
euſt deu perir entre ſes deux fortereſſes:
& marchoyent neantmoins auec vn ſi
bel ordre, & tel reſpect qu'ils portoyent
les vns aux autres, que pendant ceſte rumeur, qui dura pluſieurs mois, quoy que
les ennemis ſe rencontraſſent tous les
iours, on n'en veid iamais vn qui mit la
main à l'eſpée. Auſſi ſçauoyent-ils bien
tous que de la premiere eſcarmouche

qui fe donneroit, fuiuroit fans doute vne
tref-grande tuerie, & que tout le Iappon
feroit en danger d'aller s'en deffus def-
fous. Partant chacun fe gardoit de commencer, & les chefs l'auoyent deffendu à
leurs feruiteurs & foldats à peine de la
vie. Mais comme chacun practiquoit
d'attirer à fon party le plus de gens qu'il
pouuoit, celuy de Gieiafo creut de beaucoup par vn bon nombre de Seigneurs
lefquels quittât Gibunofchio, & fes partifans, fe rãgeoyent auec fon aduerfaire, fi
bien que le party des Regens eftant fort
affoibly, Gieiafo cõme vainqueur commença à demãder auec inftance que Gibunofchio fe fendit le ventre à la mode
du pays, difant qu'il n'y auoit pas de
meilleur ny plus court moyen de mettre
le Iappon en repos. Mais comme Auguftin & quelques autres Seigneurs Chreftiens auoyẽt fuiuy le party de Gibunofchio, on fe craignoit bien que les chofes
iroyent plus auant, & que le chef s'eftant
tué foy-mefme, fes adherans couroyent
fortune de leur vie. Cependant Gieiafo
venãt de iour en iour plus fort, s'empara
vne nuiĉt de la fortereffe d'Ozacá, où
eftoit le Prince, & Gibunofchio tout au-

pres, quoy que hors du fort, & en son
Palais gardé par six mille soldats. Ceste
entreprinse fut si soudainemēt executée,
que Gieiaso se rendit maistre de la place
sans desgainer espée, & auant que ses
aduersaires en fussent aduertis. Ce coup
affoiblit encore plus le party de Gibunoschio, tellemēt qu'il fut contrainct se
retirer à Fuschimo, qui estoit pour lors
au pouuoir des Regēs. Augustin le suyuit
pour ne māquer à la fidelité qu'il debuoit
tant au deffunct Taicosama, comme à
Gibunoschio son grand amy, & se retira
dans Fuschimo, resolu d'y finir ses iours,
si meilleur parti ne luy estoit offert. Gieiaso partit aussi d'Ozaca, & suyuit sō ennemy à Fuschimo, où quelques grands
Seigneurs traicterent la paix, & firent
tant qu'il se contenta que Gibunoschio
renonçast à la dignité qu'il auoit, ne se
meslast plus du gouuernement, ains se
retirast auec toutes ses trouppes en son
Royaume d'Omi. Cest accord conclu &
arresté, Gibunoschio partit de Fuschimo, auec vn fils de Gieiaso qui luy fut
baillé cōme en ostage pour le cōduire en
ses terres. Augustin le voulut encore suy-
ure, mais il ne le permit pas, se sentant

par trop obligé enuers luy pour la fidelité qu'il luy auoit monstré en ses aduersi-
tez. Pour laquelle il fut tãt estimé en ceste cour, que Gieiaso mesme ne cessoit de
l'honorer & louër, disant qu'vn Seigneur
si loyal enuers son amy, comme Augustin s'estoit porté enuers Gibunoschio,
hazardant ses biens & sa vie pour luy,
estoit tres-digne de tres-grand honneur,
& qu'il desiroit bien en auoir bon nombre de semblables. Et de faict l'ayant
despuis souuét appellé à soy, il luy monstra beaucoup de familiarité, & luy fit
plusieurs particulieres faueurs. Ainsi fust
le seigneur Augustin auec les autres
Chrestiens, deliuré du danger qu'il auoit
couru, & nous hors de peur des perils
qui nous menassoient. On ne peut nier
que Gieiaso ne se soit mõstré tres-valeu-
reux & tres-prudét durant ces rumeurs,
maniant si bien le tout qu'il a pacifié le
Iappõ sans dõner vn coup d'espée Maintenant il permet bien que les Regents
qui restent, gouuernent comme auparauant, quant à l'apparence exterieure, ce
neantmoins il ne font que ce qu'il veut.
Il les entretient en ceste façon pour
monstrer, qu'il ne pretend qu'executer

l'ordre prefcrit par Taicofama, & maintenir le ieune Prince en l'Empire.

Le Iappon ainfi remis en paix, les ennemis de Gibunofchio non contens de
le veoir priué de fon gouuernement, ne
pouuant fouffrir qu'il vefcut, & moins
qu'Auguftin fut fi bien venu aupres de
Gieiafo, recommencerent à les querel-
ler & accufer de nouueau. Mais Gieiafo
qui auoit ja defcouuert leurs rufes, & ne
pouuoit fupporter leurs importunitez,
declara ne vouloir plus ouïr contre Gibunofchio & le Sieur Auguftin, & con-
gedia tous fes delateurs, qui s'en retournerent chacun chez foy, laiffant le Iappon en repos, au grand eftonnement de
tous. Car il n'y auoit perfonne qui n'e-
ftimaft impoffible de pacifier fi toft tant
de tumultes.

Il eft vray que nonobftant tout ce que
deffus on s'apperçoit bien qu'il y a encore quelques reftes d'aigreur, & que
toutes les humeurs peccâtes ne font pas
euacuées. Car les quatre Seigneurs collateraux de Gieiafo au gouuernement,
ne veulent permettre qu'il fe rende Seigneur de tout le Iappon, ny qu'il tienne
pres de foy le ieune Prince, Et partant

quoy qu'au reste ils monstrent l'aymer
& respecter, Si est ce qu'en ce poinct ils
se gardent bien de luy.

Voyla sommairement ce qu'il nous a
semblé bon de faire entendre à vostre
Paternité, affin que puissiez mieux con-
ceuoir & comprendre ce que nous escri-
rons desormais de noz peres & freres, &
des Chrestiens qui sont de pardeça

Tandis qu'on estoit és susdictes rumeurs à Meaco, nous commençasmes à
renuoier sans bruit noz Peres & Freres
és lieux d'où quelques iours auparauant
ils auoient esté contraincts s'abienter : le
P. Organtin s'en retourna aussi à Meaco
auec quelques Peres & Freres, pour se
ioindre à ceux qui n'en estoient pas partis.

Depuis parce que Tarazamandos ne
nous monstroit pas grande affection,
nous resolumez de retirer de Nangasi-
que vne bonne partie des personnes que
nous y tenions, pour les enuoier en lieu
plus propre à l'estude. Dequoy Monsieur l'Euesque aduerti, & voyant combien il luy importoit de sçauoir la langue du Iappon, pour bien s'acquiter de
sa charge sans auoir esgard à son aage qui

eſt de cinquante ans, ny aux trauaux paſſez, ny aux difficultez qui ſe preſentoiét
pour apprendre vn ſi farouche langage,
ſe reſolut de ſe retirer auec le P. Valentin
Carauaille, & le P. Ieā Pamieres, en quelque lieu propre pour ceſt effect, prenant
courage de ſupporter toute ſorte de trauaux en tel aage que ce fuſt, pour choſe
tant neceſſaire à l'ayde du prochain. On
eſleuſt à ces fins l'iſle d'Amacuſa, qui eſt
au Seigneur Auguſtin, lieu eſloigné de
toute ſorte de traffique & deſtourbier,
où nous auions jà quelque logis aſſez
commode pour l'eſtude.

Ce fuſt au mois de Mars que Monſieur l'Eueſque s'achemina vers Ama-
cuza auec ſeize des noſtres, & plus de
trente eſcholiers du Seminaire qui
debuoient ouïr l'abbregé des poinĉts
de noſtre Saincte foy, compoſé en
Iappónois. Nous demeuraſmes là quelques mois vacquant à l'eſtude de ceſte
langue ayāts deux leçons pour iour, aſſi-
ſtants aux repetitions, & trauaillants aux
compoſitions auec autant ou plus de
diligence que nous fiſmes iamais en Phi-
loſophie ny Theologie. Mais parce
qu'Ama-

qu'Amacuſa eſt vn peu trop à quartier, & que de là ie ne pouuois commode- ment pouruoir au gouuernement des noſtres, ioinct que les affaires de Meaco s'appaiſoient de iour en iour, nous dreſ- ſames vne nouuelle habitation & aſſez commode en la terre de Schico, qui eſt auſſi du Sieur Auguſtin, où nous auions auparauant vne reſidence. Ce lieu ayant eſté iugé plus propre, pour eſtre voiſin d'Arima, d'Omura & de Nangaſaqui, nous y paſſames au mois d'Aouſt & y ſommes à preſent continuant nos eſtu- des.

Vne des occaſions qui nous fit haſter de parfaire au pluſtoſt le baſtiment de Schico, fut la peine que nous donna Ta- razauandono. Car côme il eſtoit à Mea- co durant les ſuſdits troubles, il trouua fort mauuais que i'euſſe enucyé là le P. Organtin, ſans ſon congé, parce qu'il craignoit eſtre accuſé deuant les Re- gents des griefs qu'il nous auoit faict, ra- zant nos Egliſes. Crime qui eſtoit ſuffi- ſant pour luy faire perdre le gouuerne- ment de Nangazaqui. Il commença dôc à nous brauer horriblement, enuoyant dire au Pere Organtin qu'incontinant

D

& sans delay il rebroussa chemin vers
Nangazaqui, seul lieu (selon son dire) où
nous auions congé d'habiter, autrement
& qu'à faute de ce, il seroit forcé de dire
& faire choses qui nous cuiroient. Il escriuit sur ce mesme subiect vne infinité
de complaintes au P. Vice-Prouincial,
menassant de nous faire obeyr à sa guise,
où il n'auoit le pouuoir. De faict il manda à son Lieutenant de Nangazaqui, qui
est Payen, qu'il se bandast entierement
contre nous, faisant du pis qu'il pourroit, & ne permettant qu'aucun Chrestien entra en nostre Eglise. Ceste ordonnance fut receuë à Nangazaqui la sep-
maine saincte, & sur le champ executée
par le Lieutenant auec telle rigueur qu'il
print, & voulut faire pendre deux Chrestiens qu'il trouua prenans la discipline,
& fit endurer mille indignitez aux plus
anciens Chrestiens de Nangazaqui. Les
nostres en furent tant inquietez & trou-
blez qu'il m'escriuerent estre du tout necessaire de transporter le seminaire de
Nangazaqui, & enuoyer nos freres ailleurs, laissant là seulement quelques Pre-
stres pour assister aux Chrestiens, & voir
si par ce moyen on pourroit appaiser

Tarazauandono. Cecy nous fit veoir à
l'œil comme ç'auoit efté vne particuliere
prouidence de Dieu, que noüs fuffions
auparauant paffez en l'ifle d'Amacufa.
Tandis i'enuoyay à Meaco le Pere
Iean Rodriguez qui eft fort cogneu à la
cour pour auoir plufieurs fois traitté
auec Taicofama des affaires de noftre
Compagnie; efcriuis au Sieur Auguftin
confederé de Tarazauandono les griefs
qu'il nous faifoit, donné charge au mefme
Pere de rendre compte audict Tarazauandono
du voyage que le Pere Orgātin
auoit fans fon cōgé faict à Meaco,
pour chaffer les ombrages qu'il en auoit
prins, & de plus luy dire & declarer de
ma part comme nous n'eftions venus au
Iappon que pour prefcher noftre faincte
foy, pour la verité de laquelle nous eftions
tous prefts à efpandre noftre fang
iufques à la derniere goutte. Et partant
qu'il tint pour chofe tres-certaine, que
s'il luy plaifoit nous fauorifer en cefte
noftre entreprinfe à la gloire de Dieu,
nous le verriōs toufiours tres-volontiers
gouuerneur de Nāgazaqui, que s'il s'oppofoit
à nos deffeins, il n'y auoit force
qui nous peut contraindre à fuyure fon

D ij

party. Les Chreſtiens de Nãgazaqui en-
uoyerent encore vers Tarazauandono
pour ce meſme effect, vn deputé des plus
anciens d'entr'eux.

Le P. Rodriguez arriuant à Meaco, fut
fort courtoiſement receu par Gieiaſo &
toute la Cour. Il traita auec Tarazauandono de ce qu'on nous auoit impoſé; le
Sieur Auguſtin Arimãdono, & le ſuſdict Chreſtien deputé des habitans de
Nangazaqui, luy en parlerent auſſi, tellement qu'il ſe monſtra, non ſeulement
eſtre ſatisfaict du tout, ains encore bien
marri des faſcheries qu'il nous auoit
donné. En preuue dequoy il eſcriuit fort
affectueuſement à ſon Lieutenant, luy
commãdant de ſe comporter tellement
en noſtre endroict, que nous viſſions par
effect, combien il deſiroit nous fauoriſer. Nous apperceumes bien toſt à Nangazaqui les effects de ceſte lettre, voyant
noſtre Egliſe autant frequentee par toutes ſortes de perſonnes, comme ſi Taicoſama nous euſt dés ſon viuant, donné
plein pouuoir de preſcher par tout le
Iappon.

Quant au reſtabliſſement general de
nos Colleges & maiſons, le Pere Rodri-

guez en parla encore à Gieiaſo, lequel
ſe monſtrant fort affectionné à tout ce
qui nous concernoit, reſpondit qu'il
nous failloit prendre encore vn peu de
patience. Car venant de ſe purger de la
calomnie qu'on luy auoit mis ſus, diſant
qu'il vouloit enfraindre les loix de Taicoſama, & ſe rendre Monarque de la
Tenze, il ne nous pouuoit ſoudain &
clairement permettre en ce que Taicoſama nous auoit refuſé. Mais que cela ſe
feroit auec le temps. De laquelle reſ-
ponſe, & de quelques autres particula-
ritez qui ſe paſſerent, tous les Seigneurs
Chreſtiens, conclurent que Gieiaſo ne
nous feroit pas contraire; & partant que
nous pouuions viure en aſſeurance.

A peine eſtoit appaiſee la ſuſdicte boraſque, qu'il s'en leua vne autre plus
horrible & dangereuſe à Firande, en la
maniere qu'il s'enſuit. Le vieux Tono
ou Seigneur de Firande eſtant mort, vn
ſien fils Payen qu'on appelle Foin, & qui
commandoit meſme du viuant de ſon
pere, eſcriuit de Meaco, où il eſtoit pour
lors, à ſon fils & autres qui gouuer-
noyent en ſon abſence, qu'il fiſſent faire grand nombre de prieres à toutes ſor-

D. iij

tes de gens, pour l'ame de feu son pere,
& de plus contraignissent Dom Hierosme, Dom Thomas son fils, ses parens, seruiteurs, bref tous les Chrestiens de renoncer Iesus - Christ, parce
qu'il estoit plus que resolu de ne laisser
viure vn seul Chrestien en ses terres. A
l'abry de ceste impie ordonnance toutes
les forces d'enfer s'armerent pour la de-
struction de ceste Chrestienté, qui est
des plus anciennes du Iappõ. La premiere à qui ce diabolique Edict fut intimé,
fut Madame Mitia seur d'Omurandono, & femme du susdict fils de Foin,
Son propre mary qui est Payen, voulut
estre l'huissier, pour le publier; & luy
dict, comme son pere Foin, homme
fort constant en ses resolutions, auoit
ordonné que tous les Chrestiens de ses
terres, tournassent à la gentilité, &
qu'elles monstrast le chemin aux autres,
autrement qu'il la quitteroit, & ren-
uoyeroit à Omura. Pour l'attirer mieux
à la peruerse volonté de son pere, il ac-
compagna ceste rigueur d'vn tas de paroles significatiues du grand amour &
intime affection qu'il porte à ceste Dame, de laquelle il a desia trois enfans,

tous fecrettement baptifez. Mais elle
comme Dame de valeur , & à qui tels
rencontres ne font pas nouueaux, luy
refpondit courageufement, qu'à la verité ce luy feroit vn extreme creue-cœur
de fe voir efloignee non feparee de fon
tres cher Seigneur & mary, neantmoins
que c'eftoit la moindre chofe qu'elle
voudroit fouffrir pour la foy de Iefus-
Chrift noftre Saulueur, eftant prefte de
mourir fi faire fe pouuoit , cent mille
fois pour icelle. Et pour monftrer par
effect la fermeté de fon courage , elle
quitta la maifon de fon mary , & fe retira en vn logis à part, d'où elle efcriuit
foudain à fon frere Omurandono , le
priant luy enuoyer compagnie pour la
conduire , parce qu'elle eftoit refoluë de
quitter fon mary,& retourner à Omura,
voire de mendier fa vie de porte en porte (s'il ne la vouloit affifter & receuoir
chez foy) & mourir mille fois de male
mort , pluftoft qu'offencer la Majefté
Diuine par vn fi execrable peché, comme on luy vouloit faire commettre. Elle
efcriuit le mefme à Monfieur l'Euefque,
& à quelques vns de nos Peres,les priant
la recommander à Dieu en cefte fi gran-

D iiij

de neceſſité. Omurandono reſpondit comme vn vray Chreſtien , luy preſentant toute ayde & faueur. Bref elle ſe porta ſi courageuſement que ſon mary ſe trouua depuis bien en peine pour la contenter & faire demeurer pres de ſoy ; voire fut contrainct luy promettre & iurer que iamais plus il ne luy diroit mot ſur ce ſubiect , ains luy permettroit de viure ſelon ſa deuotion, comme elle faict auec beaucoup d'honneur, & reputation.

Au meſme temps les ſuſdicts Dom Hieroſme & Dom Thomas , auec leurs autres freres , & Dom Balthazar leur couſin , qui ſont les principales perſonnes de Firande , tous proches parens du Tono,& fort riches Seigneurs,furent ſollicitez de renier la foy, mais ils reſpôdirent frâchement, qu'ils eſtoient Chreſtiens, non depuis trois iours , ains de longue main , & de pere en fils , depuis leurs ayeuls. Partant que le Tono leur commandaſt tout ce que bon luy ſembleroit, qu'ils luy obeyroient promptement,pourueu que leur foy & l'honneur de Dieu, n'y fuſſent intereſſez. Les gouuerneurs craignans d'vne part que ces

Seigneurs comme riches & puiſſants qu'ils ſont, ne ſe deffendiſſent par armes, & d'autre part deſirant fort les faire cō-deſcendre à la peruerſe volonté du To-no, vſerent de beaucoup de ruſes, iuſ-ques à mettre des eſpions pour deſcou-urir s'ils feroient quelque aſſemblée de gens, ou braſſeroient quelque tumulte. Les ayants entretenus quelques iours en ceſte façon, ils les coniurerent de ne vouloir eſtre occaſion de leur propre & totale ruine ; ains dire pour le moins exterieurement qu'ils eſtoient preſts à faire tout ce que le Tono leur comman-dēroit, leur proteſtants qu'en ceſte fa-çon toutes choſes s'accommoderoient. Mais c'eſtoit en vain qu'ils les ſollici-toiēt. Tandis ces Seigneurs eſcriuirent à Monſieur l'Eueſque pour eſtre informez de ce qu'il pouuoient faire en ce cas; ſe monſtrans preſts à mourir pluſtoſt que manquer à leur foy. Ils ſe recomman-derent auſſi à noz prieres. Nous reſpon-dimes à leurs lettres, & parce qu'on at-tendoit d'heure en heure le retour de Foin, nous enuoiaſmes vn des peres pour les conſoler, auec les autres quatre qui reſident en ce Royaume, & leur don-

D v

ner le conseil conuenable au temps. Ils
prindrent finallemēt resolution de quitter leurs biens & s'en venir à Nangazaqui, auant que Foin arriuast là. Entreprinse que Dieu nostre Seigneur fauori-
sa si bien que sans estre descouuerts ils
s'embarquerēt tous vne nuict auec leurs
femmes, enfans, familles & plus de six
cens de leurs vassaux, pour se rendre à
Nangasaqui, comme ils firent. Cest a-
cte heroïque estant depuis diuulgué à Firande, estonna tellement les Payens
qu'ils ne pouuoient croire que tant de
personnes si riches, si puissantes, si bien
accompagnées, pour ne quitter la foy
de IESVS-CRIST, se fussent volontai-
remēt priuées de toutes leurs commodi-
tez temporelles, de leurs amis, & païs.
Mais la diuine Majesté en fut fort glori-
fiée, tous les Chrestiēs du Iappon hono-
rez, & nous extraordinairement ioyeux
& cōsolez, quoy qu'il se presētast en cest
endroit deux difficultez non petites. La
premiere procedoit d'vne loy de Taicosama, estroitement obseruée par tout le
Iappon, par laquelle il deffend à tous
vassaux & seruiteurs d'aller seruir autre
Seigneur, sans particulier congé de leur

Tono, voulant que si quelqu'vn s'eman-
cipe pour contreuenir à ceste Loy, son
Tono le puisse tuer la part où il le trou-
uera, & les autres soient obligez à le luy
liurer & mettre en main. Or tous les
Seigneurs estans pour lors (comme il a
esté dict) à Meaco, nous n'auions personne qui les peut deffendre, ou receuoir en ses terres. D'ailleurs Tarazauandono gouuerneur de Nangasaqui estant
grand amy & parent de Foin, ils ne trouuoient pas d'asseurance pour s'arrester
en ce lieu; joinct que le lieutenant du
gouuerneur ne vouloit aucunemēt permettre qu'ils y arriuasēt. De là sourdoit
la seconde difficulté, sçauoir est que
nous n'ayans où retirer tant de gens, &
demeurans au Iappon en la façon susdi-
cte, ne pouuions sans tres-euident danger, entreprendre de les loger contre la
loy du païs. D'autre part ces bons Chrestiens estans partis de Firande si secrete-
ment, que pour n'estre descouuerts, ils
n'auoient prins de prouisions qu'autant
qu'il leur en faisoit besoing pour arriuer
pres de Nangasaqui, se trouuoient de-
garnis de tous moyens, & sans aucun remede. L'obligation que nous auons tous

D vj

de nous fecourir en telles extremitez,
furmôta toutes ces difficultez, nous faifant propofer la gloire de Dieu qui le requeroit ainfi, à tout noftre intereft particulier & dâger. Nous efcriuimes donc
à Meaco au P. Organtin & au Seigneur
Tunocamindono, les priant de prendre en main la deffence des Chreftiens
quand on parleroit à la cour de ce faict,
& reietter toute la faute fur Foin, comme de vray il eftoit entierement coulpable. Car ces Seigneurs eftants Chreftiens
depuis cinquante ans, & l'ayants fi fide-
lement ferui en la guerre de Corai, il ne
débuoit pas leur commander vne telle
impieté, contre tout ordre & raifon;
Quoy? Au lieu de recognoiftre & re-
compenfer leurs fatigues, il les contrai-
gnoit fans aucune occafion à laiffer leurs
propres maifons.

Nous prifmes donc refolution de les
loger en certain lieu affez commode, où
jadis auoit efté noftre College, enuiron
vn quart de lieuë pres de Nangafaqui,
hors la iurifdiction de Tarazauandono,
& en celle d'Omura. Mais le logis eftant
trop petit pour tant de gês, nous fufmes
côtraints nous feruir de quelques loges

abandonnées par les Portugais , & en
dreſſer de nouuelles pour le ſimple peuple , ſi bien que finalement tous furent
logez & contens.

Au meſme temps Omurandono retournant de Meaco, fut informé de tout
ce qui ſe paſſoit, ſçeut comme vn Tono
ſon ſubject , en la terre duquel eſtioent
les ſuſdictes habitatiõs , faiſoit difficulté
d'y laiſſer viure ces Seigneurs, luy com-
manda de les y laiſſer , voire de les fauoriſer en tout ce qu'il pourroit,&luy meſme les enuoya ſouuent viſiter fort chari-
tablement. Il y a deſia trois mois qu'ils
demeurent là, n'ayants viures ny autres
choſes neceſſaires, que par le moyen de
noſtre Compagnie. Mais nous tenons
pour tres-biẽ employé tout ce que nous
leur fourniſſons, parce qu'entre l'extreme neceſſité qui les preſſe, & la charité
qui nous y oblige,tous les Chreſtiens en
ont receu vne tres-grande edification,
voyant que pour ſecourir ceux qui a-
bandonnent leurs païs pour la confeſſion de la foy Catholique , nous n'eſ-
pargnons noz moyens & ne redoubtons
aucuns dangers. Tellement que ce faict a
grandemẽt encouragé les Chreſtiens , &

pour l'aduenir feruira comme de bride
aux Payens, affin qu'ils n'entreprennent
de forcer les Chreſtiens à quitter la foy
de IESVS-CRIST, l'infinie bonté duquel s'eſt daignée nous ſecourir en toutes ces neceſſitez. Car Foin eſtant de retour à Firande, & ſe trouuant deſcheu
& debouté de ſes eſperances par la con-
ſtance des Chreſtiens, fut bien marry de
ce qu'il auoit commandé, & ne voulut
plus permettre qu'on moleſtaſt les Chreſtiens en ſes terres, combien qu'il ne laiſſa pourtant de faire quelques autres fo-
lies, commandant qu'on mit le feu à
quelques maiſons de ceux qui s'eſtoyent
abſentez, & monſtrant eſtre bien ayſe
qu'ils euſſent vuidé le païs. Maintenant nous n'auons pas faute de perſonnes qui les vueillent retirer prez d'eux.
Car le Sieur Auguſtin m'a faict entendre qu'à ſon retour de Meaco, il les re-
tirera tous en ſes terres, & leur donnera autant ou plus de rentes qu'ils n'a-
uoient à Firande. D'où ſont encore depuis arriuées plus de trente familles ſub-
iectes aux meſmes Seigneurs. Toutes les
diligences que Foin a faict pour retenir
les autres, & la rigueur dont il a vſé en-

uers ceux qui s'en vouloient fuir en faifant iufticier quelques vns pour intimi-
der les autres, n'eut pas efté baftãte pour
les arrefter, fi nous ne leur euffions enuoyé dire qu'ils ne partiffent pas de leurs
maifons, puis qu'ils n'eftoient plus re-
cherchez ny moleftez pour la foy. Nous
recognoiffons vne particuliere prouidence de Dieu, en ce qu'il luy a pleu ne
permettre que tel accident furuint du
viuant de Taicofama. Car fi Foin eut
pour lors efmeu cefte tempefte côtre les
Chreftiens, nous n'euffions eu moyen
de les fecourir comme nous auons faict,
& ils n'euffent trouué autre refuge.

Tandis que les chofes paffoient en
Firande à la façon que nous auons dict,
il pleut à Dieu noftre Seigneur nous
confoler d'vn autre cofté. Car comme
nous eftions à Amacufa, bien aduertis
du train que prenoient les affaires du
Iappon & voyant qu'on pouuoit auec
plus de liberté, exercer les fonctions ordinaires de noftre compagnie, nous de-
fignafmes quelques miffions en diuers
lieux, lefquelles fa Majefté diuine fecon-
da tellemẽt de fes faueurs, que plufieurs
Payens receurent le fainct Baptefme,

particulierement és terres de Fingo, qui
font de la iurifdiction du Sieur Auguftin, où le fruict a efté tres-remarquable.
Le P. Iean Baptifte demeurant à Ojan,
& communiquant auec les habitans de
ces quartiers là, gaigna tellement le
cœur des principaux, que plufieurs de-
mandans le baptefme, il fut neceffaire
luy enuoyer quelques autres des noftres pour le fecourir. Ce qu'ils firent fi
bien qu'en moins de fix mois, plus de
trente mille Payens receurent le fainct
Baptefme. Ils pourfuyuent encore auec
telle ferueur, qu'il femble que dans peu
de iours, il ne reftera plus aucun infidel-
le en ce païs là.

A cefte bonne œuure nous a beaucoup aydé le Seigneur Iacques Sacui-
man, vn des principaux vaffaux d'Auguftin, fort riche, & qui gouuerne tout ce
quartier là. Ceftuy-cy retournant de la
guerre de Corai, s'en vint droict à Nangafaqui, auant qu'aller en fa maifon, vifita Monfieur l'Euefque, fe confeffa, &
receut le tres-fainct Sacrement de l'Eu-
chariftie, pour remercier (difoit-il) la diuine bonté des biens qu'il luy auoit pleu
faire au Sieur Auguftin, à luy mefme

& à ſes trouppes, les deliurant pluſieurs
fois miraculeuſement de treſ-grāds dangers. Ayant accomply ſa deuotion, il demanda fort inſtamment à Monſieur l'E-
ueſque le Sacrement de Confirmation,
qui luy fut adminiſtré fort ſolennelle-
ment. Il le receut auſſi auec vne telle hu-
milité & deuotion, qu'on apperceut
clairement l'effect que ceſte nouuelle
grace produiſit en ſon ame. Car tout em-
braſé du feu diuin, retournant en ſa fortereſſe de Giateuſchiro, & deſirant voir
és autres, ce qu'il ſentoit en ſoy-meſme,
il ſe print à traicter auec les principaux
habitans, des choſes de leur ſalut, & ſe-
condé par le ſuſdit P. Iean Baptiſte, fit tel
fruict, que les ayant premierement in-
duits à ouyr le Catechiſme, les conduiſit
depuis au ſainct Bapteſme. Ce feu diuin
ſ'attachant petit à petit aux lieux voiſins, il trauailla tellement en toute ceſte
contrée là, que quaſi vingt & cinq mille
perſonnes receurent le Sainct Bapteſme.
De là la flamme ſauta iuſques en Vto,
principale fortereſſe du ſieur Auguſtin,
diſtante huict lieuës de Giateuſchiro, où
furent en peu de iours conuerties quatre
mille perſonnes, & peu apres deux mil-

le. Nous auons nouuelles que les quinze principaux Chefs d'Vto , veulent
ouyr le Catechifme. Si ceux-cy fe con-
uertiffent , la plus grand part du pays
les fuiura.

Nous enuoyafmes auffi vn autre
de nos Peres , à vne autre fortereffe
du mefme Sieur Auguftin, nommée
Giamba , fize vers le Royaume de
Bungo, dix lieuës plus auant que Vto,
où il a depuis baptizé plus de deux mille cinq cens perfonnes. Bref la ferueur
a efté telle en tous ces quartiers là,
que quatre de ceux qui trauaillerent à
catechizer & baptizer , tomberent
malades de pure laffitude , & fut neceffaire donner quelque peu de repos
aux autres , afin qu'ils euffent moyen
de continuer l'œuure fi bien encom-
mencée.

Le Sieur Auguftin fe refiouit fort,
ayant apprins à Meaco ce qui fe paffoit en fes terres pour l'accroiffement
de la Saincte Foy. Il m'a depuis efcrit
fouuent que foudain qu'il feroit de retour , il affigneroit reuenu fuffifant
pour entretenir ceux de noftre Compagnie, qui feroyent enuoyez pour re-

fider à Fingo. Nous l'attendons d'heure en heure, estans aduertis qu'il est desia
party de Meaco.

Arimandono perdit l'année passée
sa femme Dame Lucie, au grand regret de tous les Chrestiens qui viuent
en ses terres. Se trouuant donc au
mesme temps à Meaco, il se resolut
d'espouser vne grand' Dame, fille d'vn
Cungo, qui est vne grande dignité
parmy les Iapponnois. Car quoy qu'elle fut Payenne, il esperoit en Dieu la
faire baptizer à Arima. Il donna aussi pour espouse à son aisné, qui n'a
que quatorze ans, vne niepce du Sieur
Augustin, fille du Seigneur Benoist,
frere d'Augustin & gouuerneur de Sacai, laquelle le mesme Augustin adop-
ta pour sa fille, afin que plus aysément
elle fut mariée au fils aisné d'Arimandono.

Depuis que les affaires du Iappon
furent pacifiez en la façon que nous
auōs dit, le premier des Seigneurs Chrestiens qui se retira de Meaco, fut Omu-
rādono, lequel arriué à Omurà m'inuita
soudain & sollicita fort d'aller consoler
les Chrestiens de ses terres, puis que ie

ne l'auois fait depuis ce mien retour au
Iappon. I'y allay donc, & fus visité d'vne
si grande multitude de gens qui accou-
royent de toutes parts pour me congra-
tuler, qu'en huict iours que i'y demeuray, ie n'euz moyen de parler particulierement aux Nostres. Ie me trouuay si
las & rompu de ces visites, que ie m'en
retournay en diligence vers Nangasaqui
apres auoir traicté auec le Tono des
moyens d'ayder ceste Chrestienté tant
souffreteuse de la parolle de Dieu, & autres secours spirituels à cause tant de la
ruine des Eglises, aduenue ces années
passées, comme de la guerre de Corai, &
persecutions qu'ils ont souffert. Nous
arrestames qu'on commenceroit à rebastir les Eglises, & enseigner publiquement la doctrine Chrestienne par tout,
que chacun iroit la teste leuée à la Messe
& au Sermon, bref que les Nostres con-
tinueroyent l'exercice de nos ministeres
comme ils faisoyent auparauant ces
troubles. Resolution qui consola grandement tous les Chrestiens de ce quartier là.

Peu de iours apres vint aussi Arimandono: la furie des premieres visites passee

ie fus le voir, & durant huict iours qu'il
me retint, catechizay sa nouuelle espouse, auec quelques autres Dames Payen-
nes qu'elle auoit mené, toutes lesquelles
se rendant à la verité Euangelique, prindrent resolution de receuoir le Sainct
Baptesme. Ie les baptizay donc auec grāde solennité, & apres la Messe Arimandono s'estant confessé, les espousay tous
deux au grand contentement de toute
l'assemblée. Nous arrestames aussi là
qu'on commenceroit à rebastir les Eglises. Le Tono print charge de faire remettre celle d'Arima. Quant à l'aide spi-
rituelle des Chrestiens, i'ordonnay le
mesme qu'à Omura. Le Tono fit aussi
quelques statuts fort vtiles pour le bien
de ses vassaux. Tellement que cesteChre-
stienté là semble comme renouuellée.
On commence à voir en diuers lieux les
Eglises qu'on releue. Il est bien vray
qu'on se prend aux plus necessaires, &
desquelles on ne se peut passer, d'autant
que la guerre de Corai qui a duré sept
ans, a fort vuidé les bourses de ces Seigneurs, & la pluspart de leurs vassaux
ont esté reduits à telle extremité, que
plusieurs sont morts ceste année de pure

difette. C'est pourquoy ils ne peuuent beaucoup contribuer, & sont contraints de reedifier les principales & plus necessaires au mieux que leurs moyens permettent.

Nous auons faict vne autre mission d'vn Pere & d'vn Frere Iapponois, vers Facata & lieux circonuoisins, où ils ont en deux mois conuerty quinze cens personnes.

Bref nostre Seigneur s'est daigné nous ouurir beaucoup de chemins pour la cōuersion des infidelles, par le moyen de quelques visites faictes à diuers Seigneurs Iapponnois, à l'occasion de leur retour, premierement du Corai, & puis de Meaco. Le premier a esté le Roy de Saxuma: puis Nabeschima Seigneur d'vne partie du Royaume de Figen: Cainocami, Seigneur de la pluspart du Royaume de Bugon : Toschirondono qu'on appelle maintenant Findenari, Seigneur de la quatriesme partie du Royaume de Chicungo: Itodono oncle de nostre frere Mancio Ito, & Seigneur de la troisiesme partie du Royaume de Fiunga : Isafaidono, & autres Seigneurs ausquels Taicosama departit le Royaume de Bungo. Tous les susdits sont Seigneurs de ces neuf Royaumes de Schimo, & ont fort aggreé nos visites, monstrant tous grand desir de voir les nostres chacun en son Royaume. Ce qu'ils n'ont encore peu accomplir à raison des occupations qu'ils ont pour dresser certaines forteresses, & s'equipper pour les accidents qui peuuent suruenir; sauf Isafaidono qui a ses terres entre Omura & Arima, & si est aussi puissant que pas vn de ses voisins. Cestuy-cy nous a ia designé lieu en ses terres, & basty vne maison assez cõmode. Il se seroit ia fait baptizer auec vn sien fils qui luy doit succeder au Royaume, sans quelque empeschement que le diable luy a donné par le moyen d'vn autre Seigneur payen son allié. Mais il nous a baillé sa parolle & iuré qu'il ne manqueroit de le faire en son temps. Depuis quelques années nous auons fait plus de six mille Chrestiens en son Royaume. Il vse de grande courtoisie & charité enuers les Nostres qui les instruisent, ou qui faisant chemin, passent par là.

Toschirondono mary de Madame Maxence fille de feu François de bonne

memoire R o y de Bugo, depuis son retour de Meaco, s'est tellement changé à
la sollicitation d'vn de nos peres qui le
fut visiter, qu'il a esmeu tres-grande deuotion parmy ses vassaux, plusieurs desquels se sont conuertis, tellement qu'il
y a maintenant enuiron quatre mille
Chrestiens. C'est pourquoy nous auons
ia designé deux peres & deux freres pour
ce quartier là, & pour les terres de Cainocami, où sont plus de deux mille Chrestiens. Le mesme Cainocami fut bap[p]izé
fort ieune à l'instãce de son pere Quam-
biiodono, auec Toschirondono, vn peu
auant que Taicosama commença la persecution contre nous, depuis il a tousiours esté à la guerre de Corai. C'est
pourquoy vn des Nostres l'ayant dernierement visité, il demanda d'estre cate-
chizé de nouueau. On luy reïtera le Ca-
techisme, auquel assisterent plusieurs autres payens ses courtisans & quelques
Bonzes pour disputer & proposer leurs
difficultez au Catechiste, qui leur respondit de poinct en poinct, & les contenta fort, à la grande consolation de
Cainocami.

Les susdits Seigneurs de Bungo quoy
que

que payens, nous ont octroyé de demeurer auec toute asseurance en leurs terres,
& touté ceste année ont fait beaucoup
de caresses au Pere qui a demeuré parmy
les Chrestiens qui restent de la disper-
sion de Bungo, & môtent quasi au nombre de douze mille. Ils ont aussi permis
aux vieux Chrestiens de viure selon la
loy Euangelique, & aux payens de se
faire baptizer s'ils veulent. Le principal
de ces Seigneurs a promis d'ouyr le Ca-
techisme, & receuoir le Baptesme, soudain qu'il aura mis fin à quelque forteresse qu'il fait bastir.

Nous auons dressé vne nouuelle residence en la Cité d'Amangucchi lieu de
grande importance, tant parce que c'est
és terres de Morindono, Seigneur de
neuf Royaumes, & le plus puissant du
Iappon apres Gieiaso, comme parce
qu'vn nepueu & fils adoptif dudict Morindono, s'y est depuis peu de iours retiré auec toute sa Cour, & a faict beaucoup de caresses au Pere qui reside là.
Nous y auons desia vne Eglise, vne maison, & cinq cens Chrestiens, lesquels dés
le temps du Benoist Pere François Xauier, se sont conseruez en leur integrite,

E

parmy tant de tribulatiõs comme nous
en auõns souffert ces années passées. Ce
qui nous faict esperer qu'on tirera vn
fort grand profit de ceste residence.

Le mesme Morindono nous a donné
place pour deux des Nostres en vne autre sienne terre appellée Schimonasche-
qui, proche de la mer, sur le chemin
qu'on va de Schimo à Meaco, & promis
qu'il nous en donnera encore autãt pres
d'vne autre sienne forteresse où il demeure. Vn Payen son intime amy, a prins
charge de conduire tout cest affaire à
bonne fin.

Au Royaume de Figen, qui est plus
proche de Meaco, & appartient à vn Seigneur qui en a trois, se fõt tous les iours
plusieurs Chrestiens, la pluspart nobles,
& proches parens du mesme Seigneur.

Vn de nos Peres ayant esté enuoyé au
Royaume de Mino, a tellement esmeu
les Chrestiens de ce quartier là, qu'ils
ont (sous la faueur de leur Seigneur, qui
est vn nepueu de feu Nabunanga baptizé depuis quelques années) basti vne belle & bien capable Eglise, & despendu
quatre cens escus en l'Edifice d'icelle.
Somme qui n'est pas petite au Iappon,

où tous edifices se font de bois, & plusieurs ouuriers trauaillent sans aucun sa-
laire, pour s'acquitter des obligations
qu'ils ont à leur Seigneur. Nous en faisons grand cas, parce qu'elle est en la terre d'vn si puissant Seigneur, & seulement
à vingt lieuës de Meaco.

Finalement plusieurs se font maintenant Chrestiens à Meaco mesme. Tellement que nous esperons auec l'ayde de
Dieu voir vne tres-notable conuersion,
soudain que sera finie l'occupation en
laquelle sont à present plongez quasi
tous les Nobles du Iappon, qui est de
bastir en diligence de nouuelles fortereses, rasant la pluspart des anciennes, parce qu'ils ont apprins du temps de Taicosama, vne nouuelle façon de combattre,
pour à laquelle resister, il faut auoir de
nouuelles fortereses.

De ce que nous auons iusques icy dit,
vostre Paternité peut entendre combien
nous viuõs maintenãt cõtents au Iappõ,
voyant les fatigues & trauaux que nous
auons souffert durant tant d'années de
persecution, estre recompensez par ce
grãd pere de famille, d'vn si riche loyer,
& fruict si abondant, que les payens

mefmes s'eftónent de voir qu'vne fi fan-
glante guerre, ayāt efté meuë par vn Seigneur vniuerfel du Iappon, & duré plufieurs années, la foy de Iefus-Chrift non
feulement n'a point manqué, ains f'eft
tellement dilatée & réforcée, que iamais
elle ne fut pardeça en meilleur eftat.
Mais de peur que l'allegreffe procedante
de tant & fi heureux fuccez, ne nous
portaft hors des bornes de la modeftie, il
a pleu à noftre bon Dieu, emouffer la
pointe de ces contentemens, par vne forte mortification que ie m'en vay vous
coucher par efcrit.

Le Pere Giles de la Mate ayāt derechef
efté efleu en la Congregation Prouinciale pour retourner Procureur à Rome,
f'embarqua dans vne certaine forte de
vaiffeau qu'on appelle Ionc, & partant
d'icy print la route de Meaco en Feurier
dernier. Il deuoit fuiuant le train ordinaire, arriuer à Meaco dans quinze ou
vingt iours, fi eft-ce qu'on nous a efcrit
qu'il n'auoit encore pareu au mois de
Iuillet, ny nouuelles de fon voyage.
Ceux de Macao ne voyāt arriuer ce Ionc,
fimaginerent que les Portugais n'ayant
peu debiter leurs denrées à caufe des re-

uolutions furuenues au Iappon par la
mort de Taicofama, f'y feroient arreftez
pour hyuerner iufques à tant qu'ils euffent tout vendu. Sur cefte imagination
ils refolurent de ne venir pour cefte année au Iappon, craignant perdre beaucoup fur la valeur de leurs eftoffes, fi vne
autre Nauire y arriuoit tandis que le Iōc
y eftoit encore. Mais ils fe tromperent à
leur grand dommage, & incommodité
noftre. Car le Ionc eftoit party d'icy, &
fi la Nauire fut venuë de Macao, elle euft
en partie reparé le dōmage encouru par
la perte du Ionc, qui portoit en or mon-
noyé quatre cens mille efcus, plus de
foixante & dix marchands Portugais,
outre les autres paffagers. Nous y auons
beaucoup perdu tant en la perfonne du
P. Giles, comme au fecours que nous
efperions receuoir de voftre part à fa fo-
licitation. Ceft accident nous a pareillement priué de l'ayde de dix Peres que i'a-
uois ordonné qu'on fit venir de Macao,
où s'affemblent les Noftres qui doiuent
paffer au Iappon. Nous en auions grand
befoing cefte année, à raifon des Eglifes
qu'on rebaftit, maifons qu'on nous dōne
& miffions qui fe prefentent pour pref-

cher la foy aux Payens. Mais comme ces
coups de verges viennent de la main du
Pere de toute misericorde & cõsolation,
nous ne laiſſons de nous eſiouir, nous
conformant à ſa treſſaincte volonté, &
nous fiant que ſa diuine bonté ne man-
quera de nous pouruoir par autre voye,
ſelõ qu'il cognoiſt nous eſtre neceſſaire.

Monſieur l'Eueſque a demeuré iuſques à preſent chez nous, & ſemble eſtre
diſpoſé à y demeurer encore pour quelque temps, parce que la façon de gou-
uerner eſtablie par Taicoſama, demeurãt
en ſon entier, il ne peut faire autrement.
Et puis n'y ayãt au Iappõ d'autres clercs
que nous, & n'en y pouuant encores a-
uoir ſi toſt, il eſt contrainct de ſe tenir a-
uec nous. Ses vertus & les belles parties
que Dieu luy a octroyées ſeruẽt à tous les
Noſtres de grande cõſolation, & treſbon
exemple. Il eſt fort aymé & reſpecté par
les Seigneurs Chreſtiens, & tous les autres qui ſont fort edifiez & contents de
ſa maniere de proceder. Il ne laiſſe pourtant de vacquer au deu de ſa charge autant que le temps luy permet, comme
nous auons autresfois eſcrit.

Cõme i'eſcriuois la preſente, le Sieur

Auguſtin arriua à Nangaſaqui, où n'ayãt rencontré Monſieur l'Eueſque, il viſita le P. Prouincial qui eſtoit là pour lors, puis nous vint trouuer à Schiqui, où Monſieur l'Eueſque le retint deux iours, non ſans grande conſolation tant ſienne que noſtre, parce que nous euſmes commodité de traicter pluſieurs choſes concernantes le bien des Chreſtiens. Il partit d'icy en diligence pour aller faire baſtir quelques fortereſſes en diuers lieux de ſes terres, & diſt que dans vingt iours il ſeroit de retour à Schiqui pour receuoir la Confirmation, ne le pouuant lors faire pour la haſte qu'il auoit. Noſtre bõ Dieu le conſerue, & tous les Seigneurs Chreſtiens chacun en ſon eſtat.

Quant au General du Iappon quoyque les affaires ne ſoyent entieremẽt appaiſez, ſi eſt-ce que les plus clairs-voyans tiennent pour tout aſſeuré, que de long temps il n'y aura de changement, parce que tous les Seigneurs du Iappon ſe recognoiſſent fort obligez à Taicoſama, & reſolus de maintenir le Prince qui n'a maintenaut que ſept ans, obeïront ſans contrediction à Gieiaſo, pourueu qu'il gouuerne ſelon les loix eſtablies par Tai-

E iiij

coſama. Mais s'il entreprend d'vſurper l'Empire, tous ſe banderont contre luy, & y aura de grandes guerres. Mais comme Gieiaſo eſt hôme fort prudent, meur & aagé de ſoixãte ans, il ne ſe voudra pas mettre en danger de perdre ce qu'il poſſede maintenant en paix , auec tiltre de fidelle ſubiect de Taicoſama, pour courir apres vne choſe incertaine & fort difficile à obtenir.

Ie ne veux obmettre qu'entre autres ordõnances faites par Taicoſama (comme nous eſcriuimes l'année paſſée) fut celle par laquelle il voulut eſtre faict Came apres ſa mort, & appellé Schinfachiman, c'eſt à dire nouueau Faſchiman, qui eſt le Mars, ou Dieu de la guerre des Iapponnois: commandant qu'on luy baſtit vn magnifique temple, (le deſſein & pourtraict duquel il laiſſa) où ſon corps fut enſeuely, & ſa ſtatuë poſée pour eſtre de tous adorée. Comme donc tous les ſuſdits tumultes furent appaiſez, les Regents firent baſtir le temple à la meſme façon que Taicoſama auoit ordonné, qui eſt (comme on dict) le plus excellent qui ſoit au Iappon; celebrerent auec grande ſolennité, la diabolique canonization de leur deffunct Prince, l'appellant le premier Came de tous les Cames, transportèrent la puante voirie de sa charoigne au nouueau temple, où ils dressèrent encore la semblance du corps de celuy, duquel l'ame infortunee auoit esté pieça logee en vn quartier bien plus conuenable à ses demerites, où elle sera pour iamais horriblement tourmentee par les diables & bruslera sans fin aux flammes eternelles. Chose que ce malheureux ne voulut iamais croire durant sa vie, tenãt pour certain qu'il n'en y auoit d'autre que la presente. Mais il le sçait maintenant à son dam, & sent les peines de son execrable impieté.

Cest infame spectacle a seruy d'vn beau & bien efficace sermon contre les Cames du Iappon, & d'vne solide & tresclaire confirmation de la verité que nous preschõs. Car ceux qui ont tant soit peu de cerueau voyant que Taicosama fut vn homme de mauuaise vie, comme chacun sçait, auare, lubrique, orgueilleux, qu'il n'eut moyen de conduire à bonne fin plusieurs siennes entreprises, ny mesme s'affranchir de la mort, & considerant comme ces abusez l'ont faict Came, &

E v

l'honnorent pour Dieu, côcluent, & fort
bien, que les autres Cames que les fols
adorent, ont esté tous tels. De faict, le
iour de la feste chacun disoit : Voyla ce
que les Peres de la Compagnie de Iesus
nous ont si souuent inculqué parlant
contre nos Cames. Ils disoient bien que
ç'auoiët esté des hommes comme nous.
Tels & semblables traicts prononcez sur
ce subiect, confirmoyent de plus en plus
les Chrestiens en la foy, & faisoient rou-
gir de honte les Payens pour la supersti-
tieuse deuotion qu'ils portent à leurs
Cames.

Au mesme temps pour plus grande
confusion de toute l'idolatrie du Iappon
& du nouueau temple, il pleut à Dieu
nous donner le moyen d'arborer vn bien
plus royal estendart és parties de Fingo,
appartenantes au Sieur Augustin Tzu-
mocamindono. Car à Giateuschiro où
nous auons dict cy dessus, que plusieurs
auoient receu le Baptesme, vne croix plâ-
tee dans vn cemetiere de Chrestiens, &
deuant laquelle plusieurs alloyent faire
leurs prieres, parut fort reluissante à vn
ieune enfant Chrestien, qui prioit Dieu
auec plusieurs compagnons. Comme il

leur eut dict ce qu'il voioit, ils commen-
cerēt auſſi à deſcouurir diuerſes apparitions aux enuirons de ceſte croix, ſi bien
que le bruit en fut eſpars ſoudain à Giateuſchiro, & par les lieux voiſins. Il y
accourut dés les quartiers d'Arima grād
nombre de gens de toutes qualitez, nobles & roturiers. Les vns voioient diuerſes croix, les autres n'en voioient qu'vne,
mais fort reluiſante, quelques vns ne voioient du tout rien. Pluſieurs au premier
abbord ne voyoient autre choſe, que la
ſeule croix, mais apres auoir vn peu prié
Dieu, ils voioiēt pluſieurs croix cōme les
autres. Ces apparitions arriuoyent tant
de iour que de nuict, tantoſt d'vn, tantoſt d'autre coſté de ceſte croix, & de la
meſme grandeur, quelquesfois auſſi plus
grandes. Quant à l'occaſion de ces apparitions, Dieu ſeul la ſçait, mais les effects ont eſté clairs & tres-bons. Car pluſieurs ſont rentrez en eux meſmes, ont
recogneu leurs offences, les ont amere-
ment plorees, s'en ſont confeſſez, auec
ferme propos d'amāder leurs vies. Quelques vns ont eſté grādement confirmez
en la foy Euangelique, & meus à beniſtre
& louer Dieu pour les auoir rendus di-

gnes de voir ces merueilles. Bon nombre de Payens se resolurent d'embrasser
la foy Catholique, bruslant du desir d'e-
stre baptisez.

Monsieur l'Euesque ayant esté deuëment informé de tout ce que dessus, par
plusieurs personnes graues & tres-dignes
de foy, en voulut sçauoir les aduis de nos
Peres, & apres les auoir ouys, resolut de
n'y faire autre chose. Car n'y estant arriué autres miracles que ces apparitiõs de
croix, il trouua bon de laisser le peuple
continuer en la deuotion & respect que
tous portent à ceste croix, iusques à tant
que le temps descouure ce qu'on y pourra de plus faire. Tandis il a ordonné que
ceste croix (qui estoit assez petite , &
s'alloit tous les iours diminuant, parce
que chacun en leuoit quelque piece cõme pour reliques) fut enchassee dans vne
plus grande, & remise au mesme lieu où
elle estoit, auec tout hõneur & reuerence, soubs vn toict porté par quatre pil-
liers, sans murailles és enuirons, afin que
le peuple peut continuer en sa deuotion.

Voila ce que i'auois a escrire pour
maintenant à vostre Paternité, la sup-
pliant nous ayder & faire secourir par

nos Peres & freres en leurs Saincts sacri-
fices & prieres, à recueillir la belle &
grande moisson que nostre Seigneur
nous appreste de iour en iour, à ce qu'elle ne se perde par nostre faute. Du Iappon le dixiesme d'Octobre 1599.

De vostre Paternité

Fils inutile en nostre Seigneur,
ALEXANDRE VALIGNAN.

AV LECTEVR.

IAçoit que la lettre annuelle de l'an
mil six cens, qui deuoit suiure la pre-
cedente de l'an mil cinq cens quatre
vingts dix & neuf, ne soit encores arriuee; il m'a neantmoins semblé bon de
vous communiquer ce supplement qui
en faict plusieurs fois mention, pour satisfaire au desir de ceux qui reçoiuent
quelque consolation & profit spirituel
de semblables discours. Vsez en s'il vous
plaist pour vostre salut, & priez pour le
nostre.

SVPPLEMENT
DE LA LETTRE
DE L'AN MIL SIX CENS.

Contenant le discours de ce qui s'est passé en la
Chrestienté du Iappon, depuis le mois d'O-
ctobre dudict an, iusques en Feurier
de l'an mil six cens vn.

Escrit au Reuerend Pere CLAVDE
AQVAVIVA General de la
Compagnie de IESVS.

Par le Pere VALENTIN CARA-
VAILLE de la mesme
Compagnie.

Et nouuellement tourné d'Italien
en François,

Par le Pere FRANÇOIS SOLIER
religieux de la mesme Compagnie.

MON REVEREND PERE
en noſtre Seigneur.

La paix de JESVS-CHRIST, *&c.*

ES exemples du changement
& inſtabilité qui regne ſur les
grandeurs & puiſſances de ce
bas monde, ne ſont que trop
frequens & comme iournaliers en toutes les côtrees de la terre; ſi n'y a il quartier de l'vniuers qui en puiſſe tant ny ſi
ſouuent fournir comme le Iappon, particulieremẽt depuis la derniere qui vous
fut eſcrite en Octobre mil ſix cens, iuſques à ce preſent mois de Feurier ſix
cens vn. Car il y eſt arriué de ſi eſtranges
cas, de telles & ſi ſoudaines mutations
de Royaumes, de tant horribles ruines
& morts de notables Seigneurs, q̃ nous
meſmes qui ſommes tous accouſtumez
& rompus à ſemblables reuolutiõs, n'en
pouuons parler ſans eſtonnement. Les
Seigneurs qui gouuernoyẽt au prealable

tout le Iappon, & qui pour la ligue qu'ils
auoient dreffee contre Daifufama (ainfi
s'appelle maintenant Gieiafo) firent fi
grande fefte , penfant tenir en main la
victoire , & le debouter du gouuernement, en la façon qu'aurez entendu par
la noftre derniere , vn peu apres la rouë
de ceft Empire tourne-virant, tombe-
rēt en vne ruine plus que fuffifante à re-
prefenter vne efpouuantable & deplora-
ble tragœdie, à laquelle nous auons encores eu noftre part, & couru auec toute
la Chreftienté de ces quartiers. La plus
perilleufe fortune que nous ayõs iufques
à prefent paffé au Iappon. Mais noftre
bon Dieu par la particuliere prouidence
& amour auec lequel il gouuerne ces fiés
feruiteurs Chreftiens, les a tellemēt deffendus durāt tout ce temps,que permet-
tāt aux vents , orages & tentatiõs de tor-
menter la nacelle de cefte fienne nouuelle Eglife, il l'a neantmoins conferuee
parmy tous ces flots & tempeftes,de forte que les vents ceffants,& la bonaffe re-
uenant , elle eft demeuree nõ feulement
faine & fauue, ains en tel lieu & difpofition que bien toft, Dieu aydant, nous la
verrõs en beaucoup meilleur eftat qu'el-

Ie n'eſtoit auparauant. Nous remarquõs
deſia quelque principe d'amelioremẽt,
auec eſperance de reparer en brief, non
ſans aduantage, les pertes que nous auõs
ſouffert durant ceſte boraſque, à la gloire de IESVS-CHRIST noſtre Seigneur,
& profit de tous les Chreſtiens de pardeça. Affin que voſtre Paternité puiſſe plus
ayſement comprendre le tout, ie vous
racompteray premierement le ſuccez de
la guerre commẽcée entre les Seigneurs
Iapponnois quand la derniere vous fut
eſcripte: puis ie viendray aux autres par-
ticularitez.

Tout le Iappon eſtant en armes, &
diuiſé en deux factions, l'vne des Regẽts
ſuyuis d'vn bon nombre de grands Seigneurs, l'autre de Daifuſama qui eſtoit
en ſes Royaumes de Quanto, faiſant la
guerre à Cãguetaſo l'vn des Regẽts, l'armée de ceux-cy deſirant ſe ſaiſir de tous
les paſſages, affin que l'ennemy ne peuſt
retourner à Meaco auec ſon armée, aſ-
ſembla la plus grãd' part de ſes trouppes
és Royaumes d'Iſchi & de Mino, limi-
trophes de celuy de Voari, auec intention de ſe rendre maiſtre de la fortereſſe
de Voari, vne des meilleures qui ſoiẽt au

Iappon, Mais parce que quelques Seigneurs & des principaux qui eſtoient allez contre Canguetaſo, s'offrirent pour
aller tous les premiers vers Voari, pourueu que Daifuſama leur donnaſt quelques vns de ſes capitaines, & partie de
leurs trouppes, affin que ſe iettant tous
dans la forteresse de Voari, ils eussent
moyen de repousser l'ennemy, l'empeſcher de passer plus auant, & par conſequent tenir le chemin de Meaco libre:
Daifuſama leur accorda ſoudain tout
ce qu'ils voulurent, ſi bien qu'en peu de
temps s'assemblerent à Voari enuiron
trente mille combattans. A grand peine
y eſtoient ils arriuez, auec l'extreme diligence de laquelle ils vſerẽt durãt toute
ceſte guerre (n'eſtant gouuernez que par
vn ſeul, au cõtraire de l'armée ennemie,
laquelle eſtoit fort peſante en ſes delibe-
rations, pour eſtre regie par diuers chefs)
qu'ils ſe reſolurent d'assaillir à l'impour-
ueu la forteresse de Guifu, ſize non loing
delà, au Royaume de Mino, qui appartient à Chiunangodono nepueu de No-
bunanga, ieune Seigneur aagé de vingt
& deux ans, & Chreſtien, duquel nous
eſcriuimes dernierement. Il eſtoit bien

loing, le bõ Seigneur, il eſtoit bien loing
pour lors de penſer que ceux de Voari
luy deuſſent courir ſus, tant parce qu'il
n'y ſçauoit pas vn tel nombre de ſoldats,
comme parce qu'vne partie de l'armée
des Regens eſtoit au Royaume d'Iſchi,
qui eſt là pres, & auoit jà prins trois fortes places ſur Daifuſama. Et puis Gibunoſchio eſtoit au meſme Royaume de
Mino, auec ſix ou ſept mille ſoldats, en
attendant d'heure en heure dauantage
pour entrer en Voari, du coſté qu'il bor-
ne les Royaumes d'Iſchi & de Mino.
Mais tandis que les partiſans des Regẽs
alloient dilayãt en la façon ſuſdicte, ceux
de Voari eſtant à l'improuiſte entrez au
Royaume de Mino, prindrent la routte
vers le chaſteau de Cuifu, & arriuez qu'ils
furent en lieu d'où ils le pouuoient deſcouurir, rengerent iuſques à vingt mille
combattants, en embuſcade dans vn lõg
vallon, puis enuoierent de cinq à ſix cens
bons ſoldats pour recognoiſtre la place
de plus pres. Chiunangodono penſant
qu'il n'y eut autres gens que ceux qui pa-
roiſſoient, ſortit du fort, & leur courut
ſus ſi roide qu'ils firent des eſtonnez, &
cõmencerent à reculer peu à peu iuſques

à ce qu'ils eurēt attiré ces trouppes quaſi au milieu de l'ambuſcade, laquelle ſe leuant ſoudain les contraignit de ſe retirer plus viſte que le pas dans leur fort. La meſlée fut ſi rude & violente que les ſoldats de l'vn & l'autre party entrerēt dās ce chaſteau, les vns fuyant, les autres ſuyuant, tuant & maſſacrant tout ce qu'ils rencontroient de telle furie qu'à grand' peine Chiunangodono meſme ſe peut retirer dans vne tour du fort, où ſoudain il fut aſſiegé, & forcé de ſe rendre à mercy, retenu priſonnier, & enuoyé à Voari. Ceſte place ainſi prinſe & garnie du nōbre de gens neceſſaire pour la deſſendre. l'armée marcha vers l'autre fortereſſe où eſtoit Gibunoſchio, en chemin elle rencontra deux mille ennemis, qui furent ſoudain taillez en pieces ; & vn peu plus auant mille, qui n'eurent pas meilleur marché du rencontre.

Au meſme tēps eſtoient arriuez audict chaſteau de Gibunoſchio, le Roy de Saxuma, & Auguſtin Tzunocomindono auec quelques trouppes. Ceux-cy aduertis de la venuë de leur ennemy, s'aſſemblēt en diligence, & s'en vont deux lieuës audeuant pour luy empeſcher le paſſage

d'vne riuiere. Comme ils furent pres du
bord, l'ennemy recognoiſſant au drap-
peaux de qui eſtoient les bandes, & ne
doubtant point que Cappitaines ſi braues ne fuſſent, preſts à ſe bien deffendre
ſi on les aſſailloit, & d'ailleurs eſtimant
qu'vn ſi petit nombre ne ſe monſtreroit
pas tant reſolu, ſans eſperance de quelque bon ſecours prochain, n'eut le courage de paſſer outre, ains ſe campa ſur le
bord de la riuiere.

Tandis Cainocamo partiſan de Daiſuſama, deſpeſcha vn vaiſſeau auec certains
aduis de tout ce qui s'eſtoit paſſé, vers
Quambioiendono ſon pere, & Seigneur
Chreſtiẽ, qui eſtoit pour lors au Royaume de Bugen auec plus de huiɛt mille
bons hommes pour Daiſuſama. Ce bon
Seigneur ayãt receu les nouuelles de ſon
fils, ſe diſpoſa par vne confeſſion generale de toute ſa vie, & quand & quãd s'a-
chemina vers le Royaume de Bungo qui
tenoit contre Daiſuſama. Les Regents
auoiẽt au meſme temps enuoyé au meſme Royaume de Bungo l'ancien Roy
(fils du feü Roy François, qui iuſques
lors auoit demeuré comme confiné à
Meaco par le commandement de Tai-

coſama)affin que comme naturel Prince
dudict lieu,il le deffendit contre Quambioiendono ſon voiſin & aduerſaire.Cõ-
me donc ledict Roy fut arriué à Bungo
auec quatre mille ſoldats, & quaſi au
meſme temps Quambioiendono auec
plus de huict mille, ils vindrent ſoudain
aux mains:le Roy perdit quaſi toutes ſes
trouppes, fut prins & enuoyé priſonnier
à Bugen par Quambioiendono, lequel
pourſuyuant la pointe de ſa victoire, ſe
rendit dans peu de iours maiſtre de quaſi
tout le Royaume de Bungo.

Tandis que Quambioiendono execu-
toit ſes entrepriſes ſur les terres de Bũ-
go,Cãzuiedono Seigneur de la moitié du
Royaume de Fingo,anciẽ ennemy d'Auguſtin Tzunocamindono, & pour lors
partiſan de Daifuſama,ſe ietta ſur l'autre
moitié du Royaume de Fingo appparte-
nant au Sieur Auguſtin, mettant à feu
& à ſang tout ce qu'il rencontroit,& s'en
alla droict poſer le ſiege deuant la fortereſſe d'Vto, qui eſt la principale de tous
les eſtats & Seigneuries d'Auguſtin.

A l'occaſiõ de ces tumultes & guerres
meuës eſdicts Royaumes par Quambioiendono & Cãzuiedono, les Seigneurs

des neuf Royaumes de Schimo se diuise-
rent & declarerent les vns pour Daifusama, les autres pour les Regĕts : quelques
vns se tindrent neutres. Les Regĕts mã-
derent à Omurandono & Arimandono
de se rendre à Meaco auec leurs trouppes, ce qu'ils refuserent faire, ains suyuãt
l'exemple de Quambioiendono. se declarerent tenir pour Daifusama. Qui fut
vn grand traict de la prouidéce de Dieu,
tant pour la conseruation de leurs personnes , que pour le profit de tous les
Chrestiens qui resident en leurs terres.

Pendãt que les affaires se brouilloient,
de ceste façon en Schimo , les Regents
qui auoient leur armée fort escartée en
diuerses contrées, donnerent le general
rendes-vous au Royaume de Mino, où
ils assemblerĕt plus de quatrevingts mille combattãs, nombre plus que suffisant
pour tailler en pieces toutes les trouppes que Daifusama y auoit. Mais ils se
trouuerent si peu vnis & tant mal accor-
dans, qu'ils demeurerĕt trente iours pres
de l'ennemy sans donner vne escarmou-
che , quoy qu'ils fussent quatre vingts
mille cõtre trente mille. Daifusama bien
aduerty du danger auquel estoient ses

trouppes, mit la meilleur ordre qu'il luy
fut poſſible à l'armée qu'il auoit contre
Cãguetaſo, laiſſant toute charge d'icelle
à vn ſien fils, & s'achemina bien accompagné vers le Royaume d'Oari, contre
toute eſperance de ſes ennemis qui ne ſe
pouuoiẽt perſuader qu'il oſaſt retourner
à Meaco auec forces baſtantes pour leur
tenir teſte, tandis que Canguetaſo auoit
les armes en main contre luy. Si le fit il
pourtant, & le meſme iour qu'il arriua à
Oari, en partit pour s'ẽ aller joindre aux
trouppes qu'il auoit à Mino, où il fit
monſtre de cinquante mille combattãs,
& le l'endemain donna la bataille à ſes
aduerſaires. Les trompettes n'eurent pas
ſonné l'aſſaut, que pluſieurs qui iuſques
à ce poinct auoiẽt faict ſemblant de porter les armes pour les Regents, ſe rengerent du party de Daifuſama, cõme Chiunangodono nepueu de la femme de Taicoſama qui luy auoit dõné le Royaume
de Chicugen, & trois ou quatre autres
Seigneurs de mediocre qualité, leſquels
au lieu de combattre contre Daifuſama,
tournerent leurs armes contre les Regẽts. Ce qu'apperceuãt les autres trouppes

pes commencerét à crier Trahifon, Trahifon, de telle furie que tous les rengs
fe rompirent, & allerent en confufion,
fauf les trouppes de Morindono Seigneur de neuf Royaumes, qui fe retira
fans vouloir combattre, tellement qu'en
vn tournemain l'armée des Regents fut
defaicte, & Daifufama victorieux, plufieurs grands Seigneurs demeurerent
morts fur la place, les autres fe fendirent
eux mefme le ventre, les autres furent
faicts prifonniers, côme le miferable Gibunofchio, qui n'eut pas le courage (ainfi qu'il confeffa depuis) d'eftre bourreau
de foy-mefme, fe fendant le ventre à la
mode du païs, & Auguftin qui euft bien
eu le cœur de fe deffaire de fa main propre, mais il ne le voulut entreprendre
contre la loy de Dieu, qui le deffend.

Apres cefte desfaicte des Regents,
Daifufama pourfuyuãt fa victoire, print
le fort de Mino, & au Royaume d'Omi
celuy de Sauoyama, qui appartient à Gibunofchio, le frere duquel y cômandoit.
Mais comme il eut ouy le defaftre arriué
à fon frere, & fe veid tres-eftroitement
affiegé, il departit aux foldats fes thre-
fors, puis maffacra tres-felonnement la

F

femmes & le fils de ſõ frere, voire les ſiẽs
propres, mit le feu aux quatre coings du
fort, & finalement ſe fendit le ventre.

Daifuſama paſſant plus outre, fit marcher ſon armée vers Ozaca, où eſtoit
Morindono comme preſident des Regents, demeurant dans la forterfor-
teresse, au
meſme palais ou Daifuſama ſouloit habiter. Cas eſtrange. Ce Morindono iaçoit qu'il fut Seigneur de neuf Royaumes, ſe trouuaſt dans la plus forte place
de tout le Iapppon, eut les threſors de
l'Empire en main, & en ſon pouuoir le
fils de Taicoſama, auec les oſtages de
tous les grands Seigneurs du Iappon, &
de ceux meſme qui ſuyuoient le party de
Daifuſama, veid pres de ſoy plus de quarante mille ſoldats de ſes ſubiects, auec
prouiſions de farines & autres munitiõs
ſuffiſantes a maintenir la guerre lõgues
années; Neantmoins ſoudain qu'il eut
receu certaines nouuelles de la ſuſdicte
desfaicte, il en demeura tellemẽt effrayé
qu'il perdit tout courage de ſe defendre
en combattant, n'eut pas meſme l'aduis
de ſe retirer en ſes terres comme il pouuoit fort commodemẽt faire, ou demander treues ou quelque accord qu'il eut

obtenu à son aduātage; ains côme homme sans ceruelle, & priué de tout iugement sortit du fort d'Ozaca auec toutes
ses trouppes, & s'alla retirer dās vn palais
qu'il auoit là pres, se mettant à la discre-
tion de son ennemy. Daifusama reuenāt
victorieux reprint possession de la forteresse d'Ozaca, où tout le Iappon s'alla
dans peu de iours rendre à luy. Il est bien
vray que Cāguetaso est encore en armes
és derniers quartiers de Quanto, mais
chacun tient qu'il sera contrainct de se
rendre. Le Roy de Saxuma côtinuë aussi
en sa rebellion, s'estant trouué à la desfaicte des Regents, d'où il se sauua d'vne
estrange façon. Car voyant qu'il bastoit
mal pour ses alliez, il print soixāte valeureux soldats, lesquels à force d'armes fé-
dirent les trouppes de leurs ennemis &
se retirerent sains & sauues, en despit de
tous ceux qui les voulurent empescher.
Il r'allia depuis enuiron cinq cens hommes auec lesquels il fut à Ozaca, auant
que Daifusama y arriuast, print les bat-
teaux necessaires pour conduire toute sa
suyte à sauueté vers Saxuma, comme il
fit courāt quasi deux cēs lieuës par mer.
Depuis il s'est tellement fortifié là que

Daifuſama n'en viendra pas ayſement à
bout. Combien qu'on ſçait deſia qu'il ſe
rendra,pourueu qu'on luy face bō party.
Ainſi Daifuſama demeurera le plus grād
Seigneur qui fut iamais au Iappon. Car
ayāt deſpouillé morindono de ſept Royaumes où ſont les minieres d'argent, &
des neuf qu'il poſſedoit auparauant luy
en ayant ſeulement laiſſé deux, leſquels
paraduenture il luy oſtera encore ; & le
meſme Daifuſama eſtant paiſible poſſeſ-
ſeur des huict ſiens de Quāto, & de tout
ce qui appartenoit à Taicoſama, c'eſt
choſe certaine qu'il ſurpaſſe les forces de
tous les Seigneurs qui furent oncques
en la Tenze , & pourra faire tout ce que
bon luy ſemblera, ſans reſpecter perſon-
ne(ainſi que Taicoſama le reſpectoit
luy & Morindono pour eſtre Seigneurs
de tant de Royaumes) & ſans craindre que aucun Seigneur s'oppoſe à ſes
deſſeins.

Il me ſeroit mal aiſé de coucher par
eſcript les pertes que les Chreſtiens de
ces quartiers, & ceux de noſtre Compagnie ſouffrirent, ou les trauaux & afflictions qu'ils endurerent l'eſpace de deux
mois cōtinus, que les affaires du Iappon

furent ainſi broüillez. Car le Seigneur
Auguſtin, principal pillier de la Chreſtienté en ces quartiers, s'eſtant bandé
contre Daifuſama, tant pour pluſieurs
bons reſpects, deſquels ie parleray cy
apres, comme pour l'ancienne & entiere
affection qu'il luy portoit, chaſcun craignoit que Daifuſama, n'en fut indigné
contre tous les Chreſtiens, & ne renou-
uellaſt la perſecution plus ſanglante
que iamais. Ce qui nous faiſoit encore
plus craindre eſtoit de veoir que pluſieurs auoient receu le ſainct Bapteſme
en diuers Royaumes des Seigneurs qui
s'eſtoient oppoſez à Daifuſama, & où les
noſtres reſidoient encores pour l'ayde
ſpirituelle des Chreſtiens.

Nous auons donc perdu durant ces
guerres premierement le Royaume de
Mino, appartenant à Chiunagandono
Seigneur Chreſtien, les principaux cour-
tiſans & caualiers duquel auoient deſia
receu la foy, & baſty l'an paſſé vne belle
chappelle dans le fort de Guifu, eſperãts
de veoir bien toſt tout le Royaume conuerty. Ce fut la premiere place que Daifuſama print (comme nous auons dict)
parce qu'elle eſtoit ſur les frontieres des

Royaumes qui luy faiſoiĕt la guerre. Tel-
lemĕt q̃ Chiunagṏdono perdit ſes biens,
& fut enuoyé en exil à Coia lieu des Bṏ-
zes, ou ſe retirent ordinairement les Seigneurs Iappṏnois qui ſont bãnis de leurs
terres. Or pource que la loy du Iappon
porte que quand vn Roy eſt priué de ſon
Royaume, tous ſes ſubiects & vaſſaux,
quoy que gentils-hṏmes, perdent leurs
fiefs & rentes, toute la nobleſſe Chreſtienne de Mino demeura pauure & deſ-
pouillée de tous ſes biens & moyens.

Apres les Chreſtiens de Mino, ceux
du Royaume de Bigen ont le plus receu
de perte. Leur comme gouuerneur eſtoit
Iean Acaſchicanon Chreſtien, & couſin
du Seigneur dudict Royaume, pres du
principal chaſteau duquel, & ou il faiſoit
ſa reſidence, nous auions jà trois mille
Chreſtiens, du nombre deſquels eſtoient
les principaux courtiſãs dudit Seigneur.
Son honneur & la bonne affection qu'il
portoit à noſtre compagnie, nous donnoit eſperance que dans peu de iours il
recepuroit le Bapteſme, & tous ſes ſubiects auſſi. Mais luy ayant eſté tué en la
ſuſdicte bataille, & par conſequent perdu ſes biens, les gentils-hommes qui re-

leuoient de luy & se sauuerent de la bataille, sont demeurez miserables.

La mesme perte ont aussi receu les
Chrestiens de Corumi au Royaume de
Chicungo, parce que Findecani gentil-
homme Chrestien & Seigneur dudict
lieu, ayant suyui le party des Regents,
comme oncle qu'il est de Morindono,
perdit toutes ses terres, où habitoient
plus de sept mille Chrestiens. Madame
Maxence fille du feu Roy de Bungo
François de bonne memoire, & femme
dudict Findecani, se trouua dans le chasteau de son mary, quand les soldats de
Daifusama y furent pour en prédre possession;& sans vn Cappitaine Chrestien
frere de Quambioiendono qui la retira
& mit en lieu d'asseurance, eut couru
grãd'fortune. Ainsi les principaux Chrestiens de Corumi furent priuez de tous
leurs biens, & leur Eglise ruinée.

Les nostres qui estoient à Firoschima
principalle forteresse d'vn Royaume de
Morindono, souffrirent en ce mesme
temps vne tres-grande tribulation. Car
soudain que la nouuelle de l'infortune de Morindono, & de la perte de ses
sept Royaumes fut arriuée en ceste

contrée là , les Bonzes & autres Payens
commencerent à dire que ceſt accident
luy eſtoit ſuruenu , parce qu'il tenoit les
Peres de noſtre Compagnie en ſes terres. Ceſte rumeur alla ſi auant que les
Chreſtiens meſmes dudiᴄt lieu prierent
inſtamment le Pere qui demeuroit là , de
ſe retirer à Nangaſaqui iuſques à tant
que ceſte furie des Bonzes fuſt paſsée. Le
meſme luy fut eſcript par Saxedono
Gouuerneur de ce quartier là , & le P.
Viſiteur ayant eſté plainement informé
de ce qui ſe paſſoit , fut de meſme aduis,
& manda au Pere de s'en aller à Nangaſaqui. Mais eſtant monté ſur mer, il courut encore plus grand peril , ſe voyant
entouré de Corſaires , qui eſcumoient
toute ceſte coſte , & eut bien de la peine
à eſchapper des mains d'vn peuple ſi felon & barbare.

Quant aux affronts, outrages, & iniures que nos Peres & Freres ont ſupporté en Amangucchi , voſtre paternité les
entédra par vne partie de la lettre qu'vn
de nos Peres qui eſtoit ſur les lieux, eſcriuit au P. Vice-Prouincial. Les dangers,
dit-il , ont eſté tels , que ie n'en paſſay
iamais de ſemblables. Ie vous en repre-

senteray vn ou deux traicts, afin que voftre Reuerence aye compaffion de nous,
& occafion de loüer & remercier Dieu
qui nous en a deliurez.Il courut vn grād
bruit par toute cefte contrée, que les
payens nous vouloyent tous maffacrer:
nous en receufmes aduis comme de chofe tref certaine;toutesfois nous paffames
quelques iours fans en tenir grand côte,
nous confiant en Dieu, & ne doutant
point que fa bonté n'y mift bon remede.
Mais comme tout Amangucchi fut vn
iour en trouble à caufe d'vne fauffe nouuelle qui couroit que Morindono s'e-
ftoit fendu le ventre, voicy vn gouuerneur payen que nous n'auiõs iamais veu,
qui vient droit à noftre maifon.Nous ne
doutafmes pas que ce ne fuft pour nous
coupper à tous la gorge,principalement
en ayāt ja defcouuert quelques enfeignes
defquelles on nous auoit particulierement aduerty ; neantmoins ayant prins
courage,& aduifé en peu de parolles nos
Freres de fe tenir prefts pour mourir, ie
m'en allay le receuoir à la porte, difcou-
rus auec luy & fes troupes quelque téps,
fi bien qu'il f'en retourna fort content,
fans donner autre figne de fon deffeing.

F v

Ie croy fermement que noſtre bon Dieu luy changea ſoudain le cœur. Car que fut venu faire chez nous en tel temps, vn payen qui n'y auoit iamais mis le pied?

Ayant euadé ce danger, nous tombaſmes en vn autre encore plus grād la nuict prochaine. Car on nous aduertit ſur le tard que ceſte nuict là, où le lendemain, nos malueuillans deuoient venir pour nous maſſacrer tous. I'exhortay de nouueau nos Freres à ſe tenir preſts, ils ſe confeſſerent tous, & paſſerent la nuict entiere ſans clorre l'œil. Au matin de bonne heure, ie dis la Meſſe, & les communiay pour attēdre la mort. Mais nous ne fuſmes pas pour encore trouuez dignes d'vne tant ſignalée grace. Tandis que nous eſtions en ceſte affliction, arriūa d'Ozaca noſtre grand fleau, qu'on nōme Niſchimangobioio, lequel nous renouuella & redoubla les douleurs à demy paſſees. Mais la paternelle prouidence de Dieu noſtre Seigneur, fit reüſſir le tout bien au rebours de ce que nous auions redouté. Car noſtre frere Anthoine l'eſtant allé viſiter de ma part, il luy fit plus d'offres & careſſes, que n'euſſions oſé eſperer. Voyla ce qu'eſcrit le ſuſdit

Pere d'Amangucchi.

Ie pourroy mettre en auant plusieurs
cas semblables, pour vous faire voir côme les trauaux & dâgers que nous souf-
frons au Iappon, nous donnent iuste occasion de dire à Dieu apres le Prophete,
*Propter te mortificamur tota die, æstimati su-
mus sicut oues occisionis.* Nous sommes tous
les iours mortifiez pour l'amour de
vous; on nous a tenu comme pauures
brebis destinées à la boucherie. Car nous
attendons à toute heure le glaiue qui
nous oste la vie. Si quelqu'vn en doute
encore, qu'il pese vn peu ce que ie m'en
vay dire.

Canzuiendono venant inuestir & as-
sieger la forteresse d'Vto (comme i'ay icy
dessus escrit) cinq des Nostres y furent
enueloppez auec les autres, & s'y trouuerent à propos pour consoler & assister
les Chrestiens en vne telle necessité. Les
Capitaines & soldats que le Sieur Augustin auoit laissé dans ceste sienne place,
se deffendirent si bien & auec tant d'incommodité des assiegeans, que Canzuiedono perdit toute esperance de pouuoir
prendre ceste place par force d'armes.
D'ailleurs il ne pouuoit quitter ceste en-

F vj

treprinse sans grand danger & deshonneur, & ne trouuoit moyen de faire sçauoir aux assiegez, comme le Sieur Augustin pour lequel ils combattoient, auoit
premierement esté faict prisonnier, puis
mis à mort par le commandement de
Daifusama. Car les assiegez auoient dés
le commencement faict deffense que
persõne n'entreprint de receuoir lettres
ou autres nouuelles de la part des assiegeans sous peine d'estre tenus & punis
pour traistres & desloyaux. Ce qui fut
tousiours tref-estroictemẽt obserué. Partant tous les dards & flesches chargées
de lettres que les assiegeans lançoient
dans le fort, estoient soudain iettées au
feu, sans qu'on les ouurist. Comme dõc
les assiegez estoyẽt ainsi sur leurs gardes,
ne permettants qu'aucune nouuelle leur
fut apportée, Canzuiendono rechercha
diuers moyens pour obtenir du P. Visiteur de nostre Compagnie, qui pour lors
estoit à Nangasaqui, qu'il luy pleust enuoyer vn de nos Peres à Vto, pour faire
entendre aux assiegez tout ce qui s'estoit
passé, & en quel estat estoient pour lors
les affaires de la Tenze, bref, qu'il trai-
ctast d'accord entre les deux partis. Pour

obtenir cecy de nous, Cazuiendono
promettoit d'vne part merueilles; &
d'autre costé nous menassoit de mille
maux. Nos Peres ayans sceu la mort du
Sieur Augustin, desiroient bien de voir
ces deux partis d'accord, ils ne voulurent
neantmoins se mesler de leurs affaires,
ains s'excusarent enuers Canzuiendono,
luy remonstrant comme nous sommes
religieux, & ne pretendons qu'enseigner
le chemin du Ciel par la predication du
Sainct Euangile. Partant qu'il n'estoit
pas conuenable qu'aucun de nous moyen-
nast la reddition de ceste place, ou
s'entremist en faço quelcóque pour traicter des affaires de la guerre, de peur que
la Noblesse du Iappon ne print occasion
de penser que nous voulussions manier
leur estat, ou nous mesler de leurs querelles. Canzuiendono transporté de la
passion qui l'aueugloit, ne receut nos
raisons ou excuses, ains entrant plus fort
en cholere, nous menassa de faire passer
au fil de l'espée les Nostres qui estoient
dans Vto, & de nous accuser deuant Daifusama comme ses ennemis iurez, qui
auions empesché que ceste place ne fust
renduë: bref, iura qu'il nous feroit tous

bannir du Iappon comme perſonnes
pernicieuſes à l'Empire. En quoy il ſa-
buſoit entieremēt, comme il recogneut
depuis quand la fumée de ſa paſſion qui
l'empeſchoit de cognoiſtre la verité, fut
euaporée. Car les Noſtres qui eſtoient
aſſiegez ne ſe meſlerent en aucune façon
des choſes de la guerre, ains s'employe-
rent entierement à l'ayde ſpirituelle du
prochain, vacquants à prieres & oraiſons, ſe diſciplinants ſouuent, cōſolants
les malades, enleuants les morts au peril de leurs vies des lieux ou les ennemis
faiſoient greſler les arquebuzades, les
portans en terre, confeſſans les vns, don-
nants la Saincte Communion aux autres
qui venoient par ordre à ce Sainct Sacrement,& ſe deſroboient des breſches
pour y retourner auec nouuelles forces:
bref, leur diſans tous les iours la Saincte
Meſſe.

Les armes materielles eſtans en la ſuſdicte façon ſecondées & renforcées par
les ſpirituelles,les ſoldats du Sieur Auguſtin deffendoient treſ-courageuſement
le fort qui leur auoit eſté commis, reſolus de mourir tous pour l'amour de leur
tant aymé Seigneur & Maiſtre, iuſques à

tant que l'armée des Regents ayant esté desfaicte, vn seruiteur dudict Sieur Augustin, cogneu de tous, se rendit à Vto, leur conta le desastre arriué à l'armée des Regents, la prinse d'Ozaca, & la mort du Sieur Augustin. Ce qui les fit resoudre de parlementer & capituler auec Canzuiendono, n'ayans plus de Seigneur pour lequel ils deussent combattre. La paix concluë, & les articles signez la place d'Vto fut renduë à Canzuiendono, & à l'exemple d'icelle toutes les autres qui appartenoient au Sieur Augustin. Entre lesquelles fut celle de Giateuschiro où commandoit vn bon Chrestien intime amy du Sieur Augustin, nómé Mimazaca, lequel s'estoit du commencement resoulu de mourir en deffendant la place, plustost que se rendre à ces payens, mais depuis craignant de mettre en danger tout le reste des Chrestiens de ce lieu, il changea d'aduis. De faict il les aymoit si tendrement, qu'eux venant luy dire à Dieu auant son depart, il ne peut tenir les larmes, se voyāt forcé d'abandonner ceux qu'il auoit auec tant de peine aydez à receuoir la foy, & leur bastissant plusieurs Eglises procuré de les

aduancer en la Religion & pieté Chreſtienne. Il eſtoit ſi ſoigneux de faire apprendre aux petits enfans la doctrine
Chreſtienne, & prenoit ſi grand plaiſir à
l'ouyr dire, qu'il en pleuroit d'allegreſſe,
& ſe prenoit à chanter auec eux les chan-
ſons ſpirituelles qui ſont au Catechiſme.
Par fois pour leur donner plus de courage de les apprendre, il leur faiſoit des
collatiõs, voire des banquets entiers. Vn
iour comme il eut faict appreſter à manger pour les enfans dans vne belle ſalle,
& deffendu qu'on n'y laiſſaſt entrer que
perſonnes de qualité, quelques vns luy
demanderent pourquoy il faiſoit tant
d'honneur à ces enfançons, Parce, reſpondit-il, que ce ſont des Anges, leſquels
loüians Dieu, font en terre l'office que ces
bien-heureux eſprits font au ciel. Souuẽ-
tesfois ſortant de ſa maiſon, il menoit
apres ſoy vn page qui luy portoit vn ſac
plein d'images, de chappellets, d'Agnus-
Dei enchaſſez & de ſemblables denrées
de deuotion, qu'il diſtribuoit luy-meſme
aux Chreſtiens, & ſentoit vne particuliere conſolation quand on l'importunoit,
ou tiroit par la robbe, pour auoir quelque piece des ſuſdites choſes. Allant vn

iour quelque part à cheual, il rencontra
vn Chreſtien, lequel pour ie ne ſçay quel
danger inuoqua les Sainċts noms de Ieſus & Marie, & luy ſoudain mettant pied
à terre, s'agenouilla pour prier Dieu. Ce
Chreſtien le pria de luy dire pourquoy il
s'eſtoit ſi ſoudainement mis en deuotion, parce qu'il n'y a pas long temps,
reſpondit-il, qu'on n'entendoit en ces
quartiers que des nôs de diables : maintenant y oyant nommer le douz Ieſus &
ſa ſaincte Mere, i'en remercie la Maieſté
Diuine. De cecy & de pluſieurs autres
choſes que nous auons eſcrit en la lettre
annuelle, on pourra cognoiſtre combien
ce bon Seigneur aymoit les Chreſtiens
de Giateuſchiro, & par côſequent quelle
douleur ils ſentirent quand il fut con-
trainċt de quitter la fortereſſe.

Mimazaca s'embarqua auec ſa femme,
ſon fils, & le reſte de ſa ſuite, qui mon-
toit à plus de mille cinq cens perſonnes,
& tira vers le Royaume de Saxuma, où il
auoit deliberé de s'arreſter, ne ſe fiant aucunement à Canzuiedono. Comme il
voulut prendre port, les Bonzes aduertis qu'il menoit auec ſoy quelques Peres
de noſtre Compagnie, ſe mutinerent

contre luy, le menaſſant que s'il deſcen-
doit là, ils le traiteroient en façon qu'il
ſe ſouuiendroit à iamais des Bonzes. Ce
qui l'affligea grandement. Nos Peres aduertis de ces rodomentables de Bonzes,
ſe mirent en deuoir de le conſoler, s'of-
frants à demeurer dans les Nauires, quoy
qu'ils fuſſent bien las du voyage, auquel
entre les incommoditez ordinaires de la
nauigation, ils auoient paſſé les iours entiers, ſans manger vn morceau de pain.
Nous demeurons volontiers ſur l'eaue,
luy dirent ils, iuſques à tant que vous
ayez prins reſolution de voſtre voyage
de Nangazaqui. Mais noſtre bon Dieu
qui és plus grandes afflictions, faict plus
clairement paroiſtre ſa prouidence enuers ſes ſeruiteurs, toucha le cœur d'vn
Gentil-homme Payen du Royaume de
Saxuma, tellement qu'il ſe reſolut à nous
loger, en depit des Bonzes. A ces fins il
nous enuoya vn Chreſtien des quartiers
de Bungo, qui ſe tenoit là, pour nous aſ-
ſeurer de ſa bonne volonté en noſtre endroict, & nous conduire chez luy en
toute aſſeurance. Nos Peres deſcendi-
rent à terre ſoubs ce ſaufcōduict, & s'en-
tretindrent deux iours auec Mimazaca

pour le communier luy & sa suite. Tandis arriuerent lettres par lesquelles le
Pere Vice-Prouincial mandoit que les
nostres se retirassent à Nangazaqui. Qui
fut cause qu'ils prindrent congé du Sieur
Mimazaca, à son grand regret.

Ie vous laisse à penser quelle douleur
nos Peres sentoyent de veoir vn si vertueux personnage comme Mimazaca,
priué de tous ses reuenus, banny de ses
terres, & contrainct s'accoster d'vn Gentil-homme Payen, n'ayant autre moyen
de viure. Car quoy que Canzuiedono se
fut porté fort humainement enuers les
seruiteurs du Sieur Augustin, toutesfois
parce qu'il auoit fait mourir le principal
chef trouué dans Vto, comme estant frere d'Augustin, on auoit occasió de craindre qu'il n'en fist autant à Mimazaca, capitaine de Giateuschiro, & ce d'autant
plus probablement qu'en certaine escar-
mouche il luy auoit tué bon nombre de
soldats.

Nos miseres ne finirent pas là. Car
Canzuiedono prenant possession d'Vto,
fit quant & quant prendre prisonniers
les cinq des nostres qui demeurerent là,
auec les seruiteurs qui leur assistoyent,

commandant à vn Capitaine Payen, de
les clorre dans vne maifonnette, fort petite & mal accommodee. Ils y furent
tous clos comme en prifon, foubs bonne & feure garde, qui les veilloit nuict &
iour. Le P. Alphonfe Gonzales fuperieur
des noftres à Vto, y eft tombé malade, &
ne pouuant en lieu fi eftroict, eftre feruy
comme fon mal requeroit, a efté reduict
à tel poinct que les Medecins n'efperent
pas qu'il en releue iamais. Voicy ce qu'vn
des Peres detenu en la mefme prifon, en
efcrit.

Le Payen qui commande à nos gardes, traitant de nous changer de place, &
nous conduire en lieu plus efcarté de la
forterefle, les Gentils-hommes Chreftiens le prierent de nous laiffer icy, mais
ils ne peurent obtenir que pour le Pere
Gonzales. Dequoy ie fus extremement
marry, me voyant forcé de laiffer icy le
malade tout feul. Tandis que ie tafchois
à me refoudre fur ce poinct, on prefenta
au fufdict Capitaine vne lettre de la part
des principaux Caualiers de Canzuiendono, par laquelle ils le prioyent tous
bien affectueufement de ne changer rien
en ce qui nous touchoit, iufques au re-

tour de Canzuiendono, qui eſtoit allé aſ-
ſieger la fortereſſe de Gianaua. Mais ce
barbare ſe roidit contre leur requeſte, &
au lieu de leur accorder ce qu'ils deman-
doyent, reuoqua le congé ja octroyé au
Pere Gonzales pour demeurer icy. Tellement que ce Payen ſe môſtra tout ſem-
blable aux Leopards du glorieux martyr
S.Ignace, faiſant d'autant pis que plus on
les prioit. Nous fuſmes tous contrainĉts
de changer de lieu, ſans oſer mot dire.
On nous ſerra dans vne priſon encore
pire que la premiere, poſant trois corps
de garde aux enuirons. Si bien que les
Chreſtiens ne peuuent plus venir librement pour nous viſiter. Deux Gentils-
hommes du Sieur Auguſtin nous ſont
venus veoir, pour nous dire adieu, non
ſans larmes, & nous ont laiſſé deux valets
pour nous ſecourir tant qu'il leur ſera
poſſible. Mais que pourront ils faire,
puis que nos gardes les accompagnent
touſiours, voire meſme quand ils vont
puiſer de l'eauë pour nous? De cecy voſtre Reuerence peut colliger quelles afflictions endurera le Pere Gonzales ainſi
malade. Il tiendroit à grand faueur & de-
licateſſe d'auoir du ris, quoy que mal

net,& pis aſſaiſonné. Nous n'auõs pourtant faute de courage pour ſupporter
toutes ſẽblables trauerſes. Dieu nous en
fournit en abondance. Pour moy depuis
que ie ſuis en ceſte nouuelle priſon , i'ay
ſenty vne allegreſſe extraordinaire,& ne
puis me tenir de rire quand ie vois les
œillades que Canzuiedono nous darde
par deſſus l'eſpaule , pour nous intimi-
der. Nous ſommes , Dieu mercy tous
preſts à ſouffrir moyennant ſa grace,tout
ce qui nous viendra de ſa main. Iuſques
icy ſont les paroles du ſuſdict Pere.

Telles furent les trauerſes qu'endurerent les noſtres qui demeuroient és ſuſdicts lieux : l'affliction qu'en ſentirent
ceux qui eſtoient loing d'eux , ne fut pas
moindre. Car Monſieur l'Eueſque , le P.
Viſiteur , & le P. Vice-Prouincial qui
eſtoient à Nãgazaqui, receuoyent à tous
moment de triſtes nouuelles , tantoſt de
la prinſe & mort du Sieur Auguſtin,tan-
toſt qu'on cherchoit par tout le Iappon
Madame Iuſte ſa femme, ſon fils, ſes on-
cles , tous ſes parens pour les faire mourir par Iuſtice:tantoſt que Madame Iuſte
&vn frere d'Auguſtin,n'agueres gouuerneur de Sacai eſtoient priſonniers , en

danger de leur vie : tantost que les fils v-
nique dudict Augustin, aagé seulement
de douze ans, estoit prins, & qu'on le
menoit à Meaco pour le faire iusticier.
On mesloit parmy ces nouuelles mille
faux bruicts de la ruine des Chrestiens,
de l'extreme misere à laquelle estoient
reduicts tant de Seigneurs & Caualiers,
les vns confinez en prison pour le reste
de leurs iours, les autres bannis de leurs
maisons, & priuez de tous leurs moyés.
Bref on disoit que nos residences auoiét
esté rasees & ruinees en diuers lieux. Ce
qui nous dōnoit plus viuement au cœur
estoient certains traicts brusques & san-
glants que Daifusama laschoit par fois
contre la Chrestienté du Iappon, venant
à propos du Sieur Augustin & des autres
Chrestiens qui s'estoient bandez contre
luy, & se monstrant assez prest à renou-
ueller la persequution. Ce que nous re-
doutions d'autant plus que nous ne cō-
mencions qu'à respirer de l'autre qui a
tant duré, auions ia remis sus quelques
Eglises,& disposé grand nombre de personnes au sainct Baptesme.

Ayant passé quelques mois en ces
craintes & frayeurs, on nous donna

nouuelles alarmes ; asseurant que Schimandono Seigneur Payen , & qui s'est
tousiours monstré contraire à tout ce
qui concernoit nostre saincte Foy , s'en
venoit à Nangazaqui, ayant obtenu de
Daifusama , pareille surintendence sur
Arimandono & Omurandono,qu'auoit
iadis le Sieur Augustin , ce que les Iapponnois appellent les faire leurs Iori-
ques. Ainsi ces deux Seigneurs Chrestiens (qui restent seuls auec leurs vassaux Chrestiens sauuez du dernier delu-
ge) demeureroient subiects à vn infidele
& idolatre. Nos Peres qui estoient à
Meaco & Ozaca nous escriuoient bien
que Schimandono estoit prest à partir
auec commission de Daifusama , pour
inuentorier tous les biens & moyens du
Sieur Augustin , toutesfois ils ne pou-
uoyent dissimuler la crainte qu'ils a-
uoyent que Schimandono ne nous don-
nast beaucoup de peine à son arriuee.
Nous fusmes aussi aduertis de bonne
part, qu'il auoit tenté tous moyens à luy
possibles pour faire que Daifusama luy
accordast les terres d'Omura en con-
tr'eschange de l'Isle d'Amacusa , ou de
telle autre de ses places qu'il luy plairoit,
& que

& que les prouifions luy en auoient efté
expediees. Ce qui nous greuoit d'autant
plus que fi ce Payen eut mis vne fois le
pied dans Omura, le Seigneur d'Arima
couroit grand' fortune ou de perdre fon
eftat par vn fi dãgereux voifinage, ou d'e-
ftre forcé le changer auec quelque autre.
Par ainfi ces tant anciens & vertueux
Chreftiens que nous auons en ces deux
Royaumes, auec leurs Eglifes & nos
maifons feroient perdues pour nous.

La fin nous monftra que nous n'auions
pas en vain apprehẽdé l'arriuee de Schimandono. Car foudain qu'il fut à Nangazaqui il la nous dõna belle, fur le fubiect des Chreftiens, lefquels quittans
tout ce que les hommes eftiment le plus
beau & le meilleur en cefte vie, pluftoft
que vouloir confentir à l'impie mande-
ment de leur Tono, qui leur vouloit faire quitter la foy de Iefus Chrift, partirent de Firando, & fe vindrent loger en
vn lieu que leur octroya Omurandono
pres de Nangazaqui, comme nous efcri-
uifmes l'an paffe.

Schimandono trouuoit fort mauuais
que ces Chreftiens fuffent partis de Fi-
rãdo, & les auoit voulu renuoyer en leur

G

pays . Mais parce qu'ils s'estoiët arrestez
és terres d'Omura, qui estoient lors souz
la protection du Sieur Augustin, il ne les
peut contraindre à ce faire. Donc maintenant venant à Nangazaqui auec Foin
qui est Tono de Firādo, son intime amy,
& cousin d'vn sien nepueu , & se voyant
bien accompagné des trouppes qu'il
menoit pour faire la guerre à Saxuma , il
luy print volonté de mettre à fin ce qu'il
n'auoit autresfois peu faire. A ces fins il
enuoya dire à nos Peres que c'estoit vne
chose insupportable de veoir des Chrestiens abbandonner leurs legitimes Seigneurs , pour ne vouloir faire les ceremonies des Gentils. Que si ces nouuelles
arriuoyent à la cour, si on sçauoit que
nos Peres eussent donné tel conseil, &
fauorisassent, voire nourrissēt telles personnes , il y auroit bien du danger pour
nous, & ce seul faict pourroit estre occa-
siō plus que suffisante pour attirer quelque grand malheur sur nos testes. Partant qu'il vouloit mettre ordre à cest affaire, procurant que ces gens retournas-
sent à Firando , fissent lesdictes ceremonies, & obeissent à tout ce que Foin leur
commanderoit en cest endroict. Que

s'ils vouloient eftre Chreftiens à l'interieur, qu'ils le fuffent à la bonne heure.
Bref il defiroit que nos Peres confeillaf-
fent aux Chreftiens d'accepter ce party.
Il luy fut fommairement refpondu, que
les Chreftiens ne fe pouuoient foufmettre à cefte condition pour eftre contraire à la loy Euangelique, laquelle ils pro-
feffoient, & partant qu'ils ne leur pou-
uoyent auffi donner tel confeil. Schimandono fit fommer du mefme accord
les Chreftiens de Firando, par deux de
fes courtifans, lefquels n'eurent autre
refponce d'eux que de nous. Ils protefte-
rent feulement de plus ne vouloir mal
aucun à Foin, ains defirer le feruir côme
leur Seigneur, ainfi qu'ils auoyent faict
par le paffé, pourueu qu'il leur permit de
viure Chreftiennement. Que fi telle cô-
dition luy fembloit eftre trop libre ou
auantageufe pour desvaffaux enuers leur
Seigneur, qu'il retint pour foy les biens
& rentes qu'ils poffedoient cy deuant, &
fe feruit d'eux pour valets d'eftable pour
porter le ris, & pour tels autres bas &
vils exercices, promettât de faire tout ce
qu'il leur commâderoit, pourueu que la
gloire de Dieu n'y fuft intereffee. Cefte

responce donnee, les Chrestiens furent
aduertis par personne digne de foy, de se
tenir sur leurs gardes, parce que Schimã-
dono & Foin n'attendoient que la commodité pour leur courir sus, & tuer les
principaux. Qui fut cause qu'ils appelle-
rent quelques vns de nos Peres pour se
confesser, & se retirerent tous dans vne
maison bien situee pour se deffendre, ou
ils se fortifierent le mieux qu'ils peurent
resolus comme bons soldats, de vendre
bien cher leurs vies aux ennemis de la
foy. Nos Peres preuoyans les dangers &
ruines qui pouuoient sourdre de ce nouueau cas en temps si calamiteux, & desi-
rans de coupper broche à toute sorte de
troubles, se mirent en deuoir de persua-
der à Dom Hierosme & à Dom Thomas
son fils (chefs de ces Chrestiens, & côtre
lesquels Foin estoit plus indigné) qu'ils
se môstrassent bien s'ils vouloient à l'exterieur, prests à se deffendre, afin que
leurs aduersaires voyans qu'ils n'en
pourroyent venir à bout sans perte de
quelques soldats, desistassent de ceste
poursuite : Mais si les Payens se mon-
stroyent resolus de passer outre, & en venir à bout quoy qu'il coustast, que pour

lors ils demandaſſent à capituler , & que
les deux chefs ſ'offriſſent à ſortir hors du
fort ſans armes , & ſouffrir la mort pour
ſauuer la vie aux autres. Ils ſe reſolurent
à ſuyure ce conſeil pour le grand deſir
qu'ils auoyent de la couronne du marty-
re, & conſiderans que ſe mettant en def-
fenſe, ils la perdroyent, voire mettroient
en grand hazard leur ſalut, parce qu'il eſt
mal aiſé que les combattans ne ſe mettent en cholere, ne vueillent mal à leurs
ennemis , & ne deſirent ſe venger d'eux;
offences qui les euſſent precipitez en enfer. Ce qui ne pouuoit aduenir s'ils s'of-
froyent volõtiers à la mort. Outre qu'ils
n'auoyent moyen de reſiſter tellement
qu'en fin ils ne fuſſent tous vaincus, n'y
laiſſaſſent leurs vies , & ne miſſent en
grand danger toute la Chreſtienté du
Iappon, quand ce faiĉt ſeroit rapporté à
Daifuſama.

Mais fut que Schimandono & Foin
n'euſſent iamais eu volonté de faire ce
dequoy ils auoyent menaſſé ces Chreſtiens, fut qu'ils euſſent peur de ne venir
à bout de leur entreprinſe voyant ces
Chreſtiens tellement reſolus & preſts à
ſe deffendre, ils leur firent entendre cõ-

me ils ne pretendoient leur ruine. Ainſi ces bons Chreſtiens furent aſſeurez de leurs vies, & nous deliurez de toute crainte & danger.

Ce faict à donné tres-bonne edification, nõ ſeulement à tous les Chreſtiens qui ſont par deçà, ains aux Payens meſmes. Combien que fort peu de gens ont ſceu la reſolution prinſe par Dom Hierome & Dom Thomas pour ſe deffendre, à cauſe du danger qu'il y auoit que cela venant aux oreilles de Schimandono & de Foin, ne les fit reſoudre à prendre les armes pour tailler en pieces tous ces Chreſtiens, quand bien ils n'en euſſent d'ailleurs eu volonté aucune, ſçachant bien qu'ils ſe deffendroient comme valeureux ſoldats. Car tels les auoiẽt ils recognus en la guerre de Corai.

Nous euſmes vne autre belle attaque à Nangazaqui, à l'occaſion de Madame Marie fille du Sieur Auguſtin, mariee à vn Seigneur d'vn Iſle qui eſt entre le Corai & le Iappon. Car ce Seigneur ayant ſceu que ſon beaupere auoit eſté premierement faict priſonnier, puis iuſticié, il eut grand' peur que ſa femme ne luy fut cauſe de quelque grand mal. Partant il

l'enuoya auec quelques Damoiselles
vers Nangazaqui, où il estimoit qu'elle
pourroit demeurer en asseurance. Elle y
arriua sur le poinct qu'on venoit de receuoir certaines nouuelles, comme Daifusama auoit donné commission de rechercher soigneusement les biens & enfans du Sieur Augustin. Tellement que
nous fusmes en tresgrande perplexité,
ne pouuants priuer de nostre secours ceste Dame fille du Sieur Augustin, auquel
nous estions tant redeuables, & qui nous
estoit tant recommandee par son mary;
& d'ailleurs considerants que Daifusama
ne prendroit pas en bône part que nous
eussions aydé ceux qu'il poursuyuoit, s'il
en auoit quelques aduis. Ce qui ne se
pouuoit autrement faire en temps si
trouble. Ce nonobstant les nostres luy
trouuerent logis conuenable à sa grandeur & vertu, & luy assisterent en tout ce
qui leur fut possible. Dequoy Daifusama
pardonnant à Madame Iuste vefue du
feu Seigneur Augustin, & à ses filles, Madame Marie fut hors de danger.

Voyla sommairement les trauaux que
nous auons soufferts durant ces reuolutions. Il semble maintenant raisonnable
G iiij

que nous y adiouſtions les conſolations
que Dieu s'eſt daigné nous departir parmy ces tourmens ; & remarquions en
peu de paroles , les biens que la bonté
diuine a tiré des maux ſuſdicts.

Premierement donc par les guerres
& changements d'eſtats que nous auons
cy deſſus touché, la prouidence diuine a
applani pluſieurs dificultez & empeſche-
mens qui ſe preſentoient au Iappõ, en la
cõuerſion des Gentils, & ſecours de ceux
qui ſont ia Chreſtiens. Car la forme du
gouuernement laiſſee par Taicoſama aux
Regents, eſtans abolie par ceſte victoire,
& Daifuſama s'eſtãt rendu Seigneur ab-
ſolu du Iappon, nous ſommes quittes de
l'Edict faict par Taicoſama contre les
Chreſtiens & contre nous. Ce qui ne fuſt
aduenu ſi les Regents euſſent eu du meilleur. Car ils auoyent iuré d'obſeruer in-
uiolablemẽt & touſiours les loix de Taicoſama, deſquelles on ne parlera plus deſormais. Le meſme aduiendra des autres
choſes qu'il a faict & ordonné, la prouidence diuine permettant que celuy qui
durant ſa vie auoit tant perſequuté les
Chreſtiens , & qui par le moyen du gouuernement laiſſé aux Regents, pretẽdoit

en certaine façon regner apres fa mort,
voire eftre adoré comme nouueau Dieu
de la guerre, trouuaft vn fucceffeur qui
effaçant tous les veftiges de ces beaux
faicts, a priué tous les Regents de leur
authorité: Voire que ces Regẽts mefmes
fans fçauoir qu'ils faifoient, ayent rué
par terre la plus belle œuure que Taicofama eut iamais faict, c'eftoit la fortereffe de Fufchimo, en laquelle il s'eftoit
euertué de faire paroiftre fon pouuoir &
fes richeffes. Tellement que la memoire
de Taicofama s'ira peu à peu efuanouïf-
fant, & fera du tout obfcurcie par l'Empire & gouuernement de Daifufama, qui
commence à regner auec vne grande
douceur & clemence, ne s'eftant voulu
feruir du pouuoir & liberté que la victoire a couftume de porter, particulieremẽt
au Iappon, ains pardonnant à plufieurs
Seigneurs qui luy ont refifté. Il a feulement faict trencher la tefte à trois des
principaux chefs & autheurs de la reuol-
te faicte contre luy, fçauoir eft à Gibunofchio, à Ancocugi (Bonze, par le confeil duquel Morindono fe gouuernoit en
tous fes affaires) & au Sieur Auguftin.
De la mort defquels ie parleray plus au

G v

long fur la fin de la prefente. Au refte il
a faict grace à la femme & aux filles du
mefme Auguftin, lefquelles felõ les loix
du Iappon deuoient mourir, enfemble
à vn frere dudict Auguftin auec fes enfans, & à plufieurs autres caualiers Chreftiens qu'on eftimoit impoffible de fau-
uer.

Il s'eft auffi monftré fort doux & cour-
tois enuers nous, receuãt auec beaucoup
de bien-veilláce ceux qui le sõt allez vifiter de Meaco & d'Ozaca. Le P. Iean
Rodriguez y allant de la part des noftres
de Nangafaqui, fut receu auec pareil accueil, & y récontra vn courtifan qui tef-
moigna publiquement comme ledict
Pere, & les autres refidans à Nangafaqui
luy auoient faict beaucoup de courtoi-
fies durant la guerre contre les Regent.
& ce feulemẽt pource qu'il appartenoit
à Daifufama, dequoy ce Prince fut fort
ioyeux. Et non content d'auoir monftré
de parolle combien tels feruices luy ag-
greoient, le voulut encore confirmer par
efcript, nous faifãt expedier deux lettres
patentes par lefquelles il confirmoit noz
refidẽces, de Meaco, d'Ozaca, & de Nã-
gafaqui. Cefont les trois principales vil-

les du Iappon, & desquelles on faict plus
de cas pardeça. Partant Daifusama Seigneur de la Tenze nous ayant permis
d'habiter en ces trois, c'est tout autant
que s'il nous auoit dóné congé d'habiter
par tout le Iappon. Dequoy nous sommes beaucoup redeuables à nostre Seigneur, & tenus de l'en remercier. Car
depuis l'an 1587. que Taicosama nous
chassa du Iappon, nous n'auions peu obtenir par escript congé d'y resider, seulement nous auoit on permis de viue voix
de nous tenir à Nāgasaqui iusques à certain nombre. Depuis la mort de Taicosama, & du temps des Regēts, nous estiõs
rentrez en quelques Royaumes, & y tra-
uaillions comme deuant, mais nous le
pouuons maintenant faire par tout auec
plus de liberté, & sans aucun danger nostre, ny des Chrestiens.

　　Le retour de Schimandono à Nangasaqui nous a fourny d'vn beau subiect de
consolation, Dieu nostre Seigneur con-
uertissāt noz craintes & frayeurs en ioye
& allegresse. Nous auions eu peur qu'il
ne vint auec quelque nouuelle charge, &
qu'il ne s'indignast contre nous quand il
seroit question de luy faire pour la pre-

G vj

miere fois entendre l'arriuée de Môfieur
l'Euefque du Iappon (qu'on luy auoit
iufques à ce temps celée, pour beaucoup
de iuftes raifons) Mais Dieu difpofa tellement toutes chofes qu'elles reüffirent
fort heureufement. Soudain que Schimandono fut arriué à la forterefse de Ca-
rafo, le P. Iean Rodriguez le vifita de la
part de Monfieur l'Euefque, du P. Vifiteur, & du P. Vice-prouincial. Il fut fort
content de cefte vifite, & de l'ariuée de
Monfieur l'Euefque, & quelques iours
apres refpondit fort courtoifement aux
lettres dudict Sieur Euefque, & du P.
Vifiteur. Depuis venant à Nangafaqui il
môftra beaucoup de fignes de biê-vueil-
lance à Môfieur l'Euefque & aux noftres:
difna deux fois chez nous, l'vne inuité
par ledict Euefque, l'autre par nous, &
toufiours fe monftra fort fatisfaict de la
bonne chere qu'on luy auoit faict, mais
plus de l'entiere affection qu'on luy portoit. Il ne changea rien ny pour les Chreftiens, ny pour nous, ains nous promit
toute faueur pour l'aduenir, en toutes les
occafiôs qui fe prefenteroiêt, difant qu'il
le pouuoit à prefent faire plus libremêt,
puis que Daifufama eftoit Seigneur de la

Tenze, & se monstroit beaucoup plus facile en cest endroict que n'auoit iamais esté Taicosama, ny les Regents, qui auoient autant de diuerses volontez & desseins, qu'ils estoient de personnes.

La diuine bôté a pareillemét touché le cœur à quelques autres Seigneurs, pour nous fauoriser pres de Daifusama, côme à Cainocami fils de Quambioiendono Seigneur Chrestien : à Nangauoca iadis mary de Madame Grace qui estoit chrestienne, de la mort de laquelle nous auôs escript en la lettre annuelle : à Fucuschimãdono lequel est Payen, neantmoins il a deux de ses nepueux, & plusieurs de ses gentils-hommes qui sôt Chrestiens : bref à vn fils d'Asonadangio, lequel iaçoit qu'il ne soit Chrestiё, a neantmoins tresbonne opinion de la loy Euangelique.

Nous auons aussi receu grande consolatiô du departement de plus de trente Royaumes, faict par Daifusama depuis sa victoire, en deboutant ceux qui auoiét porté les armes contre luy, & les dônant à ses partisans. Car nostre Seigneur a tellement ordonné toutes choses que des Chrestiés les vns sont demeurez en leurs maisons soubs la protectiô de nouueaux

Seigneurs ; les autres ont esté renuoyez
parmy les gentils pour estre comme de
belles roses , au milieu des picquantes
espines, & par leur vertueuse vie, rendre
vne bonne odeur de nostre Saincte foy.

Cainocami a eu pour sa part le Royaume de Chicugen ; qui est plus grand que
celuy de Bugen , duquel il auoit auparauant les deux tiers. Au Royaume de Chicugen est la ville de Facata, où nous auõs
bien mille Chrestiens,& enuiron autant
és lieux circõuoisins dãs le mesme Royaume. Lesquels adioustez à la Noblesse
& aux soldats qui estoient en Bugen , &
que Cainocami a mené auec soy , feront
vn tres-beau nombre. Ioinct encore Iean
Acasochicamon Seigneur Chrestien &
grand amy de Cainocami, qui l'a receu
à son seruice auec trois cens autres Chrestiens,luy donnant vn fort beau reuenu à
Chicugen. Nous auons esté fort cõsolez
de veoir vn si bon Chrestien,& qui dõne
par tout si bon exemple , estre si bien venu, & tãt fauory de Cainocami. Nous le
fusmes bien encore dauãtage , quand on
nous fit sçauoir la façõ par laquelle Dieu
nostre Seigneur l'auoit premierement
garẽty de la mort, & puis remis en grace

auec Daifufama. Voicy comment. En la
bataille que les Regents perdirent, il fe
trouua(comme capitaine des plus valeureux) à la premiere poincte de l'armée,
& fut tout à coup inuefti par fes ennemis,
à caufe de la trahisõ qui furuint. Se voyãt
ainfi engagé fans efperance de vie, &
d'ailleurs preffé par l'impie couftume du
Iappon, de fe tuer foy-mefme, ce qu'il ne
pouuoit faire fans offencer Dieu, & contreuenir à la loy Creftienne, il fe refolut
de combattre en vaillãt foldat iufques à
tant qu'on l'abbatit. Suyuant cefte refo-
lutiõ il attaque l'efcarmouche tout à pié,
& la pourfuyt fi bien qu'il rencontre de
bõne fortune l'efquadron de Cainocami
fon grand amy, qui fuyuoit le party de
Daifufama. La liurée qu'il portoit le
defcouurit. Les gens de Cainocami le fa-
luerent, luy criant qu'il s'approchaft, que
leur Maiftre luy fauueroit la vie, comme
il fit. Mais il s'eftõna bien de veoir Acaf-
chicamõ vif parmy tãt d'arquebuzades,
& plus encore de ce que fe trouuant en
tel danger, il ne s'eftoit tué foy-mefme.
La feule crainte m'en a deftourné, dict il,
& induict à me fourrer dãs la preffe pour
mourir les armes au poing. Ie fuis main-

tenant en voſtre pouuoir, ce me ſera grãd
hõneur de mourir de voſtre main. Ie me
garderay bien de cõmettre vne telle faute, repliqua Cainocami, ie vous ſauueray
s'il m'eſt poſſible , & vous obtiendray
grace de Daifuſama. Ce que diſant il mit
pied à térre, fit monter Acaſchicamon
ſur ſon cheual, & ſauta ſur vn autre de
ſes valets. Apres la victoire il obtint la
grace de ce bon Seigneur , & le recom-
manda tellement en la demandant, que
Daifuſama luy dõna pouuoir de le retenir en ſes trouppes, & ſe monſtra fort
content de ſçauoir qu'vn Seigneur de ſi
rare vertu euſt eſchappé le hazard de la
guerre. Ie m'en pourray quelque iour
ſeruir, dict Daifuſama. Voyla comme A-
caſchicamon a eſté deliuré de tout danger, & ſuyt maintenant la Cour de Cainocami, auec Soiemõdono oncle dudict
Sieur. Ce ſeront deux bons aduocats des
Chreſtiẽs pres de Cainocami, & qui l'in-
duiront à fauoriſer la loy Euangelique.

　Deſpuis ce rencontre le meſme Acaſchicamon fut à Ozaca, & logea quelques
iours chez nous, où il ne ceſſoit de louër
& remercier Dieu pour l'auoir deliuré
d'vn tant euident danger de mort, & par

mefme chemin pourueu d'vn beau moyé
de viure honnorablement, quoy qu'il
aye perdu tous fes biens.

Plufieurs Cheualiers Chreftiens natifs
de Córumi, font allez à Chicugen au
feruice de Cainocami; ainfi le nóbre des
Chreftiens croift peu à peu en ces quartiers là; qui fera caufe que les payens au-
ront quelque cognoiffance de noftre
faincte Foy, & fe conuertiront plus aifement.

Au lieu du petit Royaume de Tango
que Nangaioca poffedoit cy deuãt, Daifufama luy a depuis peu de iours donné
tout celuy de Bugen, auec la troifiefme
partie de Bungo qui luy eft limitrophe.
Ce bon Seigneur nous porte beaucoup
d'affection, il a vn frere, vn fils, deux filles, & quelques vns de fes Gentilshómes
qui font Chreftiens. Ce qui nous fait ef-
perer que les payens de ce quartier là fe
difpoferont petit à petit à rechercher ce
qui concerne leur falut. Car foudain que
Nangaioca eut receu en don de Daifufama le fufdit Royaume, il efcriuit au Pere
Organtin le priant d'efcrire au Pere qui
demeuroit à Bugen, & luy-mefme fit efcrire par vn fien courtifan, qu'il ne partit

pas de là, ains vacaſt hardiment à l'ayde
des Chreſtiens dudiᶜᵗ lieu, parce qu'il
eſtoit tout reſolu de fauoriſer ſes vaſſaux
en ceſt endroiᶜᵗ comme de faiᶜᵗ il les
fauoriſe beaucoup, donnant à qui veut
congé de ſe baptizer, & baſtir des Egliſes
autant qu'il eſt beſoing pour leur ayde
ſpirituelle. Il a trente Cheualiers à ſa ſuite qui n'attendent que l'occaſion pour
ſe faire baptizer. Ce fut luy-meſme qui
ſans y penſer autrement, les induiſit à
ouyr le Catechiſme par vn diſcours qu'il
fit monſtrant que chacun deuoit volontiers ſuiure & embraſſer ce qui concernoit ſon ſalut, ſans attendre d'y eſtre forcé; proteſtant que perſonne ne l'y pouuoit contraindre; neantmoins qu'il deſiroit que chacun entendiſt comme il
prenoit vn ſingulier plaiſir, d'entendre
qu'on receut le Sainᶜᵗ Bapteſme, & qu'il
priſeroit beaucoup telles perſonnes,
voire les employeroit où il pourroit
pour ſon ſeruice.

Non content de fauoriſer les Chreſtiés
qui ſont ſes vaſſaux, il ayde & ſecourt
encore de ſon pouuoir les autres. Car
ayant apprins que ſept cens Chreſtiens
de Firando, pluſtoſt que renoncer à leur

foy (ainſi qu'il a eſté dict) auoient quitté
leurs biens, & ſ'eſtoient retirez pres de
Nangaſaqui, il les inuita de ſe retirer en
ſon Royaume, leur offrant du reuenu à
ſuffiſance, & plus qu'ils n'en auoient eu à
Firando. Pour conclurre ceſt affaire, &
quelques autres qui n'eſtoient de moindre importance, auec le P. Viſiteur, il enuoya le P. Gregoire Ceſpedes de Bungo
à Nangaſaqui, & la reſolution prinſe, il
voulut que les ſuſdits Chreſtiens s'en al-
laſſent promptement à Chicugen pour
prendre poſſeſſion du reuenu qu'il leur
auoit aſſigné. Nous fuſmes bien ioyeux
de ſçauoir que ces bons Chreſtieus euſſent trouué lieu de retraicte, & moyẽ de
viure, tous les fideles de ces quartiers en
furent auſſi grandement edifiez.

Fucuſchimandono noſtre bon amy &
Seigneur fort affectiõné aux Chreſtiens,
parmy leſquels il a deux de ſes nepueux,
& quelques gentilshommes, eut pour ſa
part de la diſtribution que fit Daifuſama,
deux Royaumes qui appartenoiẽt cy deuant à Morindono; en l'vn deſquels eſt la
fortereſſe de Firoſchima, en laquelle les
Noſtres furent (comme nous auons dict
cy deſſus) fort affligez par les Bonzes,

qui conſeilloient & gouuernoient Morindono en toutes ſes entreprinſes. Soudain que Fucuſchimãdono eut receu ce
don, il fit venir à ſa Cour Iriaſacon & Dõ
Paul de Bungo anciens Chreſtiẽs & per-
ſonnages d'hõneur, leſquels l'accompa-
gnans pour prendre poſſeſſion deſdicts
Royaumes, & trouuant que le Pere qui
auoit couſtume d'y demeurer, eſtoit party pour ſe rendre à Nangaſaqui, enuoye-
rent en diligence vn courrier apres luy,
pour le ramener, luy promettant toute
faueur aupres de Fucuſchimãdono, & le
plus beau lieu que les Bonzes euſſent en
tous ces quartiers là. Mais parce que le
courrier trouua le Pere ia logé chez nous
à Nangaſaqui, & recreu du chemin, nos
Superieurs iugerent plus à propos d'attendre que les affaires de Firoſchima fuſſent vn peu mieux compoſez auãt qu'il y
retournaſt. Ce qui fut executé. Mais tandis on enuoya d'Amangucchi vn de nos
Freres Iappõnois qui auoit cy deuãt demeuré à Firoſchima, pour viſiter Fucuſchimãdono & les Chreſtiens. Ce bõ Seigneur a fort mauuaiſe opinion des Bonzes, & treſbonne des Chreſtiens, deſquels
il tient bõ nombre pres de ſoy, qui nous

fait esperer qu'on fera grand fruict en
ses terres. De faict nous auons eu nouuelles qu'il receut fort honnorablement
le Pere qui s'en y retourna, & luy fit entendre qu'il veut totalemēt que les Noſtres y demeurent, & s'employent à la
conuerſion des gentils, voire luy aſſigna
lieu où ils pourront fort commodement
habiter. Voila comme la diuine prouidence a permis que Morindono fut deſpouillé de ſept Royaumes qu'il poſſedoit
cy deuant, afin que les Bonzes leſquels à
l'ombre d'vn ſi grãd idolatre, fleuriſſoiēt
en ces quartiers là, y perdiſſent tout cre-
dit:l'idolatrie qui regnoit en ce païs plus
qu'en tout autre,en fut bannie:& le meſme Morindono, qui n'a plus que deux
petits Royaumes, encore mal aſſeurez,
voyant que ſa fauſſe Religion,& la vaine
eſperance qu'il auoit en ſes Camis & Fotoques, ne luy ont rien ſeruy ; & que le
principal de ſes idoles s'eſt trouué men-
teur, luy ayant reſpondu qu'il emporte-
roit la victoire lors qu'il fut vaincu,co-
gnoiſſe ſon erreur, & quitte tout à faict
l'opiniõ qu'il auoit de ſes idoles,ou pour
le moins ſerue à pluſieurs d'exēple pour
la quitter. Cõme ont fort ſagement faict

plusieurs de ses gentilshõmes, ainsi que nous escrit le P. Organtin, lesquels ces iours passez demãderent & receurent le Sainct Baptesme à Ozaca, parce qu'ils auoient recogneu que les Camis&Fotoques n'ont aucun pouuoir, les autres qui auoient cy deuãt suiuy le mesme Morindono, se font quasi tous retirez à Amangucchi vers le Pere qui demeure là, & au lieu des trauerses qu'ils luy dõnoient iadis, luy rẽdent maintenãt mille caresses. Le gouuerneur qui a la surintendance de ces Royaumes, s'est aussi monstré fort ayse de l'auoir rencontré là, pour le fauoriser en tout ce qu'il luy sera possible.

Au Royaume de Bigen proche de Meaco, ou les Chrestiẽs ont beaucoup souffert à cause de la ruine de Chiunagondono leur Seigneur, s'ouure maintenant la porte non seulement pour entretenir en deuotion les Chrestiens, ains pour conuertir les infideles, parce que Daifusama ayãt dõné ce Royaume à Quingodono, Seigneur qui meine plusieurs Chrestiens en sa Cour, nous esperõs par leur moyen conseruer ceux qui ont ia receu la Foÿ, & la faire embrasser à plusieurs autres. Le mesme Quingodono a receu à fon feruice Dom Iean Amacufadono, qui auoit efté depuis quelque temps bã- ny d'Amacufa, & luy a donné du reuenu fuffifant pour luy& huict cés que vaffaux que feruiteurs qui font à fa fuite. Quant aux autres Seigueurs Chreftiés de Bigen, qui auoit fuiuy le party de Daifufama, durant ces troubles, ils ont eu leur de- partement au Royaume de Mimazaca, voifin de Bigen.

Outre tout ce que deffus il a pleu à no- ftre Seigneur nous côfoler par les graces des heureux fucces& rencôtres octroyez à Quambiogendono, lequel s'eftant dés le commencement de cefte guerre, re- folu à fuiure Daifufama,& s'y eftant (cô- me nous auons efcrit cy deffus) preparé par vne confeffion generale de toute fa vie, amaffa force troupes au Royaume de Bigen, où il eftoit pour lors. De là paffant au Royaume de Bungo pour faire la guerre à ceux qui tenoient le party des Regents, il y fit les exploicts que nous auons cy deuant remarquez. Donnant plus auant il côquift plufieurs autres Ro- yaumes portãt toufioursen fes enfeignes le triomphant figne de la Saincte Croix. La manifefte profeffiõ du Chriftianifme

qu'il faifoit par les enfeignes qui paroif-
foient parmy toutes fes entreprinfes a de
beaucoup feruy à l'amplification de la
gloire & honneur de Dieu. Car luy eſtāt
fort eſtimé en tref-grande authorité és
quartiers de Schimo, & fe declarant fi
ouuertement Chreſtien, il ne faut pas
douter que les Chreſtiens n'en ayent eſté
beaucoup plus prifez & cheris.

Nous pouuons auſſi dire auec toute
verité que Quambiogēdono a eſté cauſe
que les Eſtats d'Arima & Omura fe font
conferuez. Car ayant communiqué fon
deſſeing aux Seigneurs defdites terres, il
les follicita tant qu'ils fe refolurent à
fuiure Daifuſama. Par ce moyen non
feulement leurs vaſſaux Chreſtiens ont
vefcu en aſſeurance, ains tous les autres
qui font au Iappon, ont eſté deliurez de
la fureur de Daifuſama, la faute (s'il la
faut ainſi nommer) que le Seigneur Auguſtin commiſt en ceſt endroiſt contre
Daifuſama, ayant eſté ſi bien couuerte
par le bon deuoir que les autres firent,
qu'elle n'a eſté imputée ny à nous, ny aux
autres Chreſtiens.

Il me femble que nous pouuons encores à bon droiſt conter parmy les heu-

reux

reux fuccez de Quambioiendono, la re-
duction à la Foy Catholique, du Roy ou
pour mieux dire du Giacata de Bungo,
parce qu'elle aduint du tēps que Quambioiendono auoit en main tout ce quartier là. Il vous faut donc fçauoir que
quelques mois auant que Taicofama co-
mençaft à nous perfecuter, Giacata s'e-
ftoit chreftienné à la perfuafion du mefme Quambioiendono. Mais craignant
Taicofama, & n'ofant publiquement fe
dire Chreftien, & par confequent ne fe
pouuāt feruir des moyens fpirituels ne-
ceffaires pour l'entretenir en fa creance,
il deuint fi foible & debile en la Foy, qu'il
retourna vers fes Camis & Fotoques,
aufquels il auoit de tout temps efté trop
affectionné. Apres diuerfes infortunes
que Dieu permit luy aduenir pour le faire rentrer en foy-mefme & recognoiftre
fa faute, il tomba (comme nous auons
conté cy deffus) és mains de Quambioiendono, & fut fait prifonnier. Il n'auoit
obmis Camis ny Fotoque auquel il n'eut
fait quelque vœu, ou du temple duquel
il n'eut prins quelque petite ftatuë, ou
autre chofe femblable, penfant par ce
moyen gaigner la victoire, & recouurer

H

le Royaume de Bungo, qu'il auoit perdu
huict ans auparauāt. Il s'estoit tellement
aheurté à ces superstitions, qu'il en auoit
remply vn sac long de deux pieds ou enuiron, & large à l'aduenant, & le portoit
sur ses armes à guise d'escharpe. Mais
tout cela ne luy seruit de rien: il fut prins
par Quambioiendono, & enuoyé sous
bonne & seure garde à Nacazucaua metropolitaine de Bugen, où vn de nos Peres de sa cognoissance qui estoit là pour
lors, le fut voir, & à l'occasion de ceste
infortune, l'aduertit en vray amy qu'il
print garde à soy, recogneut comme les
idoles esquelles il auoit tant mis sa fiāce,
n'auoient aucun pouuoir, cōme il ne luy
restoit plus au monde chose à laquelle il
peut auoir recours; Partant comme fils
d'vn tant vertueux Pere qui fut le Roy
François, qu'il pēsast au salut de son ame,
& rentrast au giron de la saincte Eglise.
Giacata receut volontiers ce salutaire
conseil, & en remercia le Pere, disant
qu'il s'apperceuoit bien que le culte des
Camis n'estoit que tromperie, qu'il y re-
nonçoit entierement, & desiroit sur tout
rétrer au sentier de la vie eternelle. Mais
parce qu'il auoit desia oublié ce peu qu'ō

luy auoit autresfois monſtré de la doctrine Chreſtienne, il deſiroit fort eſtre in-
ſtruict de nouueau. Nous luy donnaſmes
vn de nos Freres qui l'alloit trouuer tous
les iours, & employoit quelques heures
à luy expliquer le Catechiſme, ſi bien
qu'à la fin de la ſepmaine il fut entierement confirmé en la Foy Catholique, &
reſolu à faire vne confeſſion generale de
toute ſa vie, d'autant plus ſerieuſement
qu'il penſoit bien toſt mourir. Nous l'in-
ſtruiſimes amplement ſur ce poinct. A
grand peine eut-il finy ſa confeſſion, que
voicy vn commãdement de Daifuſama,
par lequel il ordõnoit qu'õ luy enuoyaſt
promptement Giacata, ſous bonne &
ſeure garde. Chacun penſoit que ce fut
pour le faire mourir par iuſtice, qui fut
cauſe qu'õ ne luy oſa dire ceſte nouuelle
qu'apres beaucoup de preambules, deſquels toutesfois on ne ſe pouuoit bien
paſſer. Car il eſtoit ſi reſolu, qu'il n'auoit
beſoing d'aucune conſolation. Ayant,
diſoit-il, retrouué mon Dieu, m'eſtant
confeſsé auec tant de contentement &
repos de conſcience, tant s'en faut que
ie redoute la mort, qu'au contraire, ie
la ſouhaitte, craignãt que les mauuaiſes

H ij

habitudes que ie fents en moy ne me
precipitent de nouueau en peché fi ie demeure lõg temps en vie. Loüé foit Dieu
que la mort, ne m'a pas (cõme elle pouuoit) furprins ou rencontré en temps ou
en lieu auquel ie n'euffe peu trouuer de
Preftre pour me confeffer.

En cefte bonne difpofition partit
Giacata pour fe rendre à Meaco. Mais il
pleut à Dieu, qui luy auoit donné la vie
de l'ame, luy octroyer encore celle du
corps, faifant que Daifufama fe conten-
taft de l'enuoyer en exil en vn lieu affez
pres de Meaco, où il eft maintenant per-
feuerant és faincts propos que Dieu luy
infpira par le moyen de la fufdicte tribulation.

Mais fur tout le fouuerain pere de mi-
fericorde, & Dieu de toute confolation,
lequel nous confole en toutes nos tribu-
lations, s'eft daigné nous confoler par le
non attendu, mais bien defirable fuccez
qu'ont eu les affaires des Chreftiens de
Fingo, iadis fubiects du Sieur Auguftin.
Il fembloit bien au iugement des hommes qu'ils feroient pour iamais ruinez,
mais ce bon Dieu par fa paternelle prouidence, les a deffendus & cõferuez. Car

Canzuiendono se resouuenãt de la fidelité auec laquelle ils auoient valeureuse-
ment deffendu la forteresse d'Vto tant
durant la vie qu'apres la mort de leur
Maistre & Seigneur, iugea qu'il ne sçau-
roit trouuer personnes ny plus loyales
ny plus adextres aux armes, que ceux-cy.
Partant mettãt en oubly les pertes qu'ils
luy auoient fait souffrir, par la mort d'vn
bon nombre de ses gens qui moururent
au susdit siege, il les receut tous à son seruice, leur confirmant le mesme reuenu
qu'ils auoient auparauãt, voire l'accrois-
sant à ceux qui s'estoient monstrez plus
braues & vaillants contre luy-mesme.
Bref, pour les contenter dauantage, &
les entretenir en paix, sçachant qu'ils ne
desirent rien tant que de viure en bons
Chrestiens, il leur permet de faire en cela
tout ce qu'ils veulent.

Depuis discourant plusieurs fois auec
les principaux Chrestiẽs qui sont maintenant ses gentilshommes, tant de la foy
Catholique, comme de la façon de viure
des Nostres, & du siege d'Vto, il a beaucoup remis de l'indignation qu'il auoit
contre nous, & recogneu au vray que l'v-
nion & fidelité que monstrerent lors les

affiegez ne proceda q̃ de ce qu'ils eſtoiét
to⁹ bõs Chreſtiẽs. Cela fait qu'il cõmen-
ce à ſe mõſtrer beaucoup plus affectionné enuers eux. A quoy nous a grãdement
ſeruy le bon teſmoignage qu'ont rendu
en plein conſeil quelques Gouuerneurs
que Canzuiedono auoit enuoyé à Schiqui & Amacuſa, apres s'eſtre deuëment
informez de noſtre maniere de proceder. Car ils ont proteſté que pour maintenir en paix & deuë obeiſſance les peuples de ces quartiers là, qui ſont entierement Chreſtiens, il falloit leur permettre de viure ſelon la loy Euangelique, &
y tenir quelques Peres de noſtre Compagnie, ſans leſquels ils ne ſe pouuoient
conſeruer en ceſte creance. Ce fut pourquoy les meſmes Gouuerneurs nous firent entendre que nous pouuions aller
librement viſiter leſdits Chreſtiens, & y
celebrer la prochaine feſte de Noel. Car
quoy qu'ils n'euſſent pouuoir d'eſlargir
nos Peres qui eſtoient priſonniers à Vto,
iuſques à tant que Canzuiedono en eut
autrement ordonné, ſi nous promet-
toient-ils tout amour & aſſiſtance en
tout ce qu'ils pourroient, tandis qu'autre choſe ne leur ſeroit commandée.

Depuis, Quambioiendono a tant fait
par son authorité enuers le mesme Canzuiedono, qu'il l'a petit à petit rendu
nostre amy, & traicté de l'eslargissement
des nostres qui estoiēt prisonniers. A cecy a beaucoup seruy le voyage d'vn de
nos Freres, que le P. Visiteur enuoya expres vers Canzuiedono pour luy rendre
conte de certains articles, desquels il desiroit estre esclarcy. Le premier duquel
on l'instruisoit estoit de nostre maniere
de vie, & de la fin pour laquelle nous demeurons au Iappon. Le second estoit cōme nous desirōs l'amitié de tous les Seigneurs Iapponnois, & particulierement
depuis le retour du P. Visiteur en ces
quartiers, nous nous estiōs par tous moyens efforcez de nous insinuer en la sienne; mais les querelles qu'il auoit auec le
Sieur Augustin, ne nous auoient permis
d'y trouuer entrée. Pour la troisiesme &
derniere on luy alleguoit plusieurs belles
& pertinentes raisons, pour lesquelles il
n'estoit pas cōuenable que gēs de nostre
robbe se meslassent de faire rendre la forteresse d'Vto. Nos iustifications ainsi al-
leguées, pour conclusion nous le reque-
rions qu'il daignast deliurer ceux qui

H iiij

n'ayant commis aucune faute côtre luy,
eſtoient neãtmoins detenus priſonniers,
& qu'il luy pleuſt nous fauoriſer deſormais en ſes terres, où demeuroient tant
de Chreſtiens.

Ceſte information & requeſte fut miſe és mains du plus affectionné Seigneur
qui ſuiue la Cour de Canzuiedono, lequel la trouuant fort ciuile & receuable,
la fit auſſi paſſer pour telle audit Cãzuiedono, qui ordõna ſoudain que nos freres
fuſſent mis hors de priſon. Mais pour
faire paroiſtre qu'il le faiſoit pluſtoſt en
faueur de Quambioiendono, qui l'en
auoit requis, que pour gratifier le P. Viſiteur; auãt que dõner audience à noſtre
Frere, il deliura les autres, & les enuoya
à Nangaſaqui, leur diſant qu'ils reco-
gneuſſent ce bien comme à eux procuré
par Quambioiendono, & qu'ils l'en re-
merciaſſent. Ce qu'ayant fait il receut
noſtre Frere qui l'eſtoit allé voir de la
part du P. Viſiteur, ouyt & aggrea les
raiſons qu'il luy allegua ſur les articles
de ſes plainctes, & l'honnora fort, proteſtant ne nous auoir iamais voulu mal,
mais ayãt eſté iuſques à ceſte heure ennemy iuré du Seigneur Auguſtin, il n'auoit

pas fait grand cas denoſtre amitié. Au
reſte qu'à l'aduenir il nous fauoriſeroit
en toutes occaſions, & que nous en ver-
rions des effects à ſon retour de la cour,
où il ſ'en alloit en diligence.

Ceſte nouuelle amitié contractee auec
Cãzuiedono, & la deliurãce des noſtres,
ont faict prendre nouueau courage aux
Chreſtiens de ces quartiers, qui eſperent
totalement qu'il nous donnera lieu de
reſidence en ſes terres ; ne ſouffrira plus
que les Chreſtiens y ſoyent vexez, ains ſe
conuertira peut eſtre luy meſme, tant eſt
grande l'opinion qu'il a conçeu de noſtre loy, & l'affection particuliere qu'il a
porté à noſtre robbe. Il eſtoit tant preſſé
de partir pour Meaco, que nous n'euſmes moyen de traicter auec luy comme
nous pourrions reſider en ſes terres, auſſi
l'vſage du Iappon ne permet pas qu'à la
premiere entreueue, on paſſe ſi auãt aux
affaires. Le propre temps pour traicter
de ce poinct ſera quand le P. Viſiteur en-
uoyera pour le remercier de la deliurãce
des noſtres ; attendu meſmes qu'on ne
ſçait pas encore tout aſſeurement ſi ces
terres luy demeureront, combien qu'il
entreprenne ſon voyage auec ceſte eſpe-

rance. Si l'eſtat du Sieur Auguſtin luy eſt
octroyé, nous ſommes aſſeurez de conſeruer, voire d'accroiſtre de beaucoup le
nombre des Chreſtiens. Nous eſperons
auſſi que Quambioiendono obtiendra
de Daifuſama quelque bône piece, pour
ſa part, iaçoit que Cainocamo ſon fils
aye ces iours paſſez eu le Royaume de
Chieugen pour la ſienne.

Voila l'eſtat auquel ſe trouue maintenant le Iappon, quoy qu'il ne ſoit entierement paiſible, Daifuſama n'ayant encore finy de diſtribuer les Royaumes.
Tous les plus grands Seigneurs ſont pres
de luy à Meaco, chacun auec ſes preten-
ſions. Peut eſtre auant que la flotte par-
te, il y aura quelque nouueau châgemét.
Ce qui nous conſole grandement parmi
ces reuolutions eſt que Dieu les dreſſe
toutes au plus grand bien & accroiſſement de ceſte Egliſe, & afin que ces nouueaux Chreſtiens entendent que ſon infinie clemence permet toutes ces afflictions aduenir, pour en tirer plus grand
fruict, & par le moyen de ces mutations
d'eſtats, chefs & gouuerneurs d'iceux,
eſpandre les Chreſtiens par diuers pays,
à ce que par leurs bons exemples & con-

uersation, les infideles viennent à la cognoissance de nostre saincte foy.

Pour conclusion de la presente il faut
que ie vous racompte (selon que i'ay cy
dessus promis) la mort de nostre bon &
fidele amy le Sieur Augustin Tzucami-
dono, laquelle nous a causé grãd'tristesse
voyant que nous perdions en luy la principale & plus forte colomne que ceste
nouuelle plante eut au Iappon. Si est-ce
que la deuotion auec laquelle il a finy ses
iours, & les euidents signes de salut que
nous auons remarqué en ceste histoire,
nous ont beaucoup allegé la douleur.

S'estant estimé comme obligé à prendre les armes pour le seruice de son feu
Maistre Taicosama, & preuoyant bien
neãtmoins le dãger auquel il s'exposoit,
auant que partir de Meaco pour aller à la
guerre, il se confessa fort deuotement. Il
pensoit tenir ja la victoire en main, &
par le moyen d'icelle estant plus fort &
pluslibre que iamais, fauoriser beaucoup
plus l'accroissement de la foy Chrestienne en ses terres. Ce fut pourquoy auant
que liurer la bataille à son aduersaire, il
escriuit à quelques goüuerneurs, & aux
nostres qui estoient à Fingo, qu'ils tra-

uaillaſſent hardiment pour conuertir le
plus qu'ils pourroyent de Payens. Mais
l'aſſaut ne fut pas ſi toſt ſonné, qu'on veid
à l'inſtant l'armee des Regents miſe à
vauderoute, à cauſe de la trahiſon cy deſſus mentionnee. Le Sieur Auguſtin ſe
trouuant tout à coup hors d'eſperance
d'eſchapper des mains de ſes aduerſaires,
fut aſſailly d'vn eſprit diabolique d'or-
gueil, luy ſoufflant que ce ſeroit vne grãde honte & deshonneur inſupportable à
vn tel & ſi vaillãt capitaine qu'il eſtoit au
Iappon, de ſe laiſſer comme vn couard,
prendre tout vif, Partant, qu'il ſe fendiſt
luy meſme le ventre. Mais luy cognoiſ-
ſant bien que ce ſeroit vn treſ-grand peché, & priſant plus l'honneur de Dieu
que le ſien propre, fit vn acte heroïque,
ſe laiſſant prẽdre priſonnier, pour mourir depuis auec plus d'appareil. Il fut premierement conduict deuãt Cainocami,
& le voyãt plein de compaſſion pour ce
nouuel accident, luy diſt: Vous ſçauez
bien Monſieur, quel ie ſuis eſté, vous
voyez bien à quel eſtat ie ſuis maintenãt
reduit, ie vous ſupplie de tout mon cœur
me faire vne faueur. Cainocami ne luy
reſpondoit rien eſtimant qu'il le vouloit

prier de luy obtenir sa grace de Daifusama. Qui fut cause qu'Augustin luy dist
soudain : Ce n'est pas pour ma vie que ie
plaide; ie n'en tiens meshuy aucun compte. Si ie n'eusse apprehendé l'offence de
Dieu , & l'indignation de sa Maiesté que
i'eusse encouru me desfaisant moy mesme, ie ne fusse pas tõbé vif en vos mains.
Ce que ie requiers est qu'il vous plaise
me faire venir vn Prestre pour me cõfes-
ser: c'est le comble des cõtentemens que
i'espere receuoir en ceste vie. Cainocami
luy promit de faire tout ce qu'il pourroit
pour luy obtenir ceste grace de Daifusama , dequoy le Sieur Augustin fut fort
content , & l'en remercia. Mais depuis
Cainocami ne peut obtenir ce congé de
Daifusama, qui respondit que ce n'estoit
chose necessaire , & donnant en garde le
Sieur Augustin à vn de ses capitaines, de-
fendit de luy laisser , voire vn seul page
pour le seruir en ceste necessité. Quelques iours apres il fut conduict soubs
bonne & grosse garde à Ozaca, où il s'es-
força de rechef de se confesser , escriuant
par plusieurs fois à nos Peres , afin qu'ils
prinssent la peine d'aller ouyr sa confession. Quelques vnes de ses lettres tom-

berent és mains de Daifusama , lequel
commePayen & idolatre ne sçachāt que
c'est que confession , ny quelle chose le
Sieur Augustin nous demandoit soubs
ce nom , en print si grande colere qu'il
deffendit expressement qu'on ne dōnast
à pas vn de nos Peres commodité de parler au Sieur Augustin. Tellement qu'il
ne nous fut iamais possible de satisfaire
à son desir , quoy que nous eussions re-
cherché tous les moyens du monde. Luy
dōc sçachant bien qu'en semblables cas
il deuoit procurer d'auoir contrition de
ses pechez , & par le moyen d'icelle obtenir de Dieu la remissiō d'iceux, se print
à la rechercher à bon escient, employant
vne partie de son temps à pleurer amere-
ment ses pechez, l'autre à dire son chap-
pelet, l'autre à faire quelques autres de-
uotions,& sur tout s'efforçant tousiours
de souffrir patiēment & courageusemēt
toute sorte d'iniures, voire la mort pour
satisfaction de ses fautes. Enquoy il se
monstra tousiours si constant & courageux, que les Gentilshōmes Payens qui
le visitoyent, en demeuroient tous estō-
nez. On ne remarquoit en tous ses discours autre chose qu'vn ardent desir de

son salut,& de se pouuoir confesser.

La sentence de mort ayant esté pro-
noncee contre Augustin , Gibunoschio
& Ancocugi, on les mena premieremét
tous trois sur trois iuments par les rues
d'Ozaca, & depuis sur trois charrettes,
par celles de Meaco. Ce qui est tenu pour
vn grand deshôneur & ignominie, prin-
cipalement quand cela est faict à quelques Seigneurs & personnes de qualité.
Gibunoschio marchoit le premier comme chef de la rebellion, vn peu aprés
suyuoit Ancocugi , Augustin venoit le
dernier. A chaque carrefour le trompet-
te publioit que ces trois personnages
estoient menez au supplice pour auoir
conspiré contre le repos de la Tenze.
Les deux premiers, fut par faute de courage, fut parce qu'on les outrageoit &
maltraictoit fort, monstroient bien par
leur sanglots & changemens de visage,
combien ils apprehendoient le pas de la
mort. Quant au Sieur Augustin quoy
qu'on luy dist, quoy qu'on luy fist par les
rues, il ne changea iamais de contenan-
ce. Tellement que chacun remarquoit à
l'œil la difference qu'il y auoit entre ces
personnages.

Comme ils s'approchoyent du lieu
deputé au supplice, qui estoit dans la ville de Meaco, Vn Chrestien enuoyé tout
expres par les nostres, se fourra parmy
les soldats du guet, si bien qu'il accosta
le Sieur Augustin, & luy fit entendre
comme nos Peres auoient fait toute la
diligence possible pour l'aller confesser,
mais en vain, par ce que les gardes n'a-
uoient iamais voulu permettre qu'ō luy
parlast à raison de la deffence faicte par
Daifusama. Il l'exhorta de plus à s'exci-
ter soy-mesme à la contrition de ses pechez en ceste derniere heure. Augustin
apres auoir remercié nos Peres de la bōne souuenance qu'ils auoient de luy, &
du salutaire aduis qu'ils luy auoient dōné, luy dist que n'ayant peu obtenir vn
confesseur, il s'estoit ia disposé à la mort,
en la mesme façon qu'il luy disoit, & que
durant sa prison nostre bon Dieu luy a-
uoit faict sentir vne si viue douleur des
offenses commises contre sa Maiesté, &
luy auoit donné si certaine confiance de
son salut, qu'il s'en alloit mourir tout
content & fort consolé.

Comme on leur faisoit poursuyure
leur dernier voyage, voicy certains Bon-

zes qui se presentent à eux, pour leur ap-
pliquer certaines ceremonies supersti-
tieuses, desquelles ils ont coustume d'v-
ser en semblables cas. Ils les firent sur Gibunoschio & Ancocugi tout à leur ayse,
mais comme ils se voulurent approcher
d'Augustin, il les renuoya brusquement,
disant qu'il estoit Chrestien, & detestoit
toutes ces inuentions diaboliques. Et
soudain commença à dire haut & clair
le Pater noster, & le reste de son chappellet qu'il portoit en main, à la confusion
des Bonzes.

Arriuez qu'ils furent au lieu de l'exe-
cutiõ, voicy vn autre Bonze, & des principaux, qui n'auoit coustume de sortyr de
son logis que bien raremẽt, & ce pour se
trouuer à la mort de quelque grand Seigneur, lequel accompagné de quelques
autres Bonzes de sa secte, fit ie ne sçay
quelles sottises à l'étour de Gibunoschio
& Ancocugi, puis leur donna à baiser vn
gros bouquin de liure, q̃ ceste aueuglée
gentilité tient pour vne chose saincte.
Tandis le Sieur Augustin poursuyuoit à
dire son chappellet, tenant en main vn
beau petit tableau de nostre Seigneur &
nostre Dame, images fort deuotes qu'il

portoit touſiours auec ſoy. Nous l'auiõs
jadis eu de la Sereniſſime Royne de Portugal, Madame Catherine, ſeur de Char-
les le Quint. Le Bonze s'approcha de luy
pour faire le meſme qu'il auoit faict aux
autres, & luy mettre ceſte groſſe & graſſe
paperaſſe ſur la teſte, mais le Sieur Auguſtin le rebutta promptement, luy diſant
qu'il s'oſtaſt de deuant luy, & le laiſſaſt
viure & mourir en la foy Chreſtiẽne qu'il
profeſſoit. Puis hauſſant à deux mains &
fort deuotemẽt ſon petit tableau, le mit
trois fois ſur ſa teſte, recommandant ſon
ame à Dieu noſtre createur : eſleua ſes
yeux au ciel, où ayant quelque temps ar-
reſté ſa veuë, la tourna vers le tableau,
puis s'eſtant mis à genoux, & inuoquant
les ſaincts nom de I e s v s & de Marie,
ſans changer de viſage, tendit ſon col au
bourreau, qui à trois coups luy trencha
la teſte.

Son corps fut ſoudain couuert d'vne
robbe de ſoye, & porté à noſtre maiſon
de Meaco, où il fut receu auec beaucoup
de larmes, & honorablement enſeuely
auec les ceremonies vſitées en la Saincte
Egliſe Catholique. On a dict pluſieurs
Meſſes pour ſon ame, tant à Meaco

qu'aux autres residences de noſtre compagnie. Dans la ſuſdicte robbe fut trouuée vne lettre couſuë, addreſſante à Madame Iuſte ſa femme, & à ſes enfans, de
laquelle i'ay extraict ce qui s'enſuyt.

Ie ne ſçaurois coucher par eſcript cō-
bien i'ay ſouffert & ſouffre encore, à raiſon de ce rāt inopiné cas & accident, qui
m'a faict boire les plus ameres larmes,
& ſouffrir les plus aſpres tourments qui
pourroiēt accabler vne pauure creature
durant ceſte vie. I'eſpere payer icy vne
bonne partie des peines de Purgatoire;
recognois que mes pechez m'ont cōduit
à ce pauure eſtat, & partant reçois pour
vn ſingulier benefice de la diuine miſeri-
corde la penitence & les trauaux que i'ay
ſupporté ces iours paſſez; & la remercie
infiniment de la douceur, de laquelle il
luy plaiſt vſer enuers moy. Ce qui vous
importe le plus eſt que deſormais vous
ſeruiez tous Dieu de tout voſtre cœur,
vous ſouuenant que les choſes de ce mōde ſont fort inſtables & paſſageres. Ce
ſont les propres termes du Sieur Auguſtin en ſa lettre. Pour la faire tomber és
mais de ſa femme, il auoit recommandé à vn ſien confident, de la chercher

dans sa robbe quand on l'enseueliroit;
ainsi fut elle trouuée.

Voyla comme finit le Sieur Augustin, personnage fort courageux & magnanime de son naturel, & bien entendu
au faict de la guerre ; Parties entre autres qui le rendirent vn des grands Seigneurs de Schimo, fort estimé & tres-biē
venu aupres de Taicosama , qui s'en ser-
uoit volontiers en ses plus grandes entreprinses, pour la valeur & fidelité qu'en
luy remarqua, comme le Sieur Augustin
s'estoit preparé à la mort, ne firent pas de
difficulté d'asseurer qu'ils l'eussent volontiers acceptée auec luy , s'ils eussent
peu auoir asseurance de mourir si bien
preparez. Nous esperons que nostre bon
Dieu ayant ietté l'œil de son infinie misericorde sur les diligences que le Sieur
Augustin fit pour se confesser , & sur la
douleur & repentance qu'il eut de ses
pechez, luy aura donné en son eternelle
gloire vn estat bien different de celuy du
Iappon, qui est subiect à tant de vicissitu-
des & reuolutions ; & le faict maintenāt
iouyr du prix & recompense des peines
qu'il à souffert en ce monde.

Ceste Tragedie ne print pas fin en la

mort du Sieur Auguſtin. Car peu de iours
apres icelle vn ſien fils aagé ſeulement de
douze ans, ieune Seigneur de tres-grãd-
de expectation, s'eſtant ſoubs la parole
de Morindono retiré en vn ſié Royaume
voſin de Firoſchima, auec quelques ſiés
ſeruiteurs Chreſtiens, fut trompé, ou
pour mieux dire trahy par quelques vns
qui ſoubs ombre de le faire conduire du
lieu ou il s'eſtoit premierement retiré, en
auoit experimenté en luy. Il eſtoit fort
enclin à la compaſſion, aymoit les pauures, & leur faiſoit de bonnes aumoſnes.
Les Seigneurs du Iappon ont couſtume
de tuer leur ſeruiteurs à la moindre occaſion qu'ils leur donnent: Mais Auguſtin eſtoit ſi debonnaire, qu'ils ne le fit
iamais, quoy que les ſiens le meritaſſent;
ains auoit faict vne ordonnance par laquelle il deffendoit à ſes ſubiects de con-
damner perſonne à mort, auãt que le crime fut examiné par trois officiers par luy
cõſtituez pour ceſt effect. Il recomman-
da le meſme aux autres Seigneurs qui e-
ſtoient ſoubs ſa protection, ſçachant
combien il eſt neceſſaire au Chreſtien
d'eſtre retenu & reſerué en ceſt endroict.

Quant aux choſes qui concernoient

le salut de son ame, jaçoit qu'il fut quasi
tousiours occupé, & le plus souuent en
guerres, si en eut il tousiours vn tel soing,
qu'il monstra bien en toute sa vie, & particulierement se preparant si deuotemét
à la mort, que c'estoit la plus grande sol-
licitude qu'il eut. Deux pages de Daifusama, qui auoient quelques iours auparauant receu le sainct Baptesme, ayant
vn autre plus asseuré, le menerent auec
vn sien page & vn seruiteur à Ozaca, où
estoit Morindono, qui luy fit secretemét
trencher la teste, pour la presenter à
Daifusama, lequel nõ seulement ne voulut receuoir vn si abominable present,
ains se monstra fort marry de la mort de
ce ieune innocent, & dict que celuy qui
en estoit cause, meritoit vne tres-griefue
punition. Ce qu'entendant ceux qui a-
uoiét porté cest infame presét, tournerét
finemét au rebours la fin de leur ambas-
sade, disãt que Morindono auoit retenu
prisõnier en ces terres ce ieune Seigneur,
l'ayãt trouué fuyant pour se sauuer : puis
cõme ont l'eut mené à Ozaca pour le presenter vif à sõ Altesse, qu'il s'estoit fendu
le ventre : partant on luy presentoit seulement la teste. Daifusama se paya pour

lors de ceste bourde, estimant que ce fut la verité, mais depuis il fut entierement informé du faict, & trouua chose fort indigne & barbare de faire tuer vn innocent, qui s'estoic retiré dans les terres d'autruy, auec saufconduict du Seigneur d'icelles.

Ce qui nous console aucunement en ce tant estrange accident, est que ce ieune Seigneur mourut en tresbonne disposition. Nous le croyons ainsi à raison des propos qu'il tint auec vn de noz freres qui estoit party de Firoschima pour l'aller veoir, & se trouua pres de luy, quãd les bourreaux enuoyez par Morindono le prindrent pour le mener à Ozaca. Car nostre frere se doubtant bien que ce n'estoit pas pour le mener en lieu plus seur, ains pour le conduire à la mort, que ces gens l'estoiét venus chercher; il le voulut consoler. Mais ce ieune Seigneur commença d'vn courage beaucoup plus constant que son aage ne permettoit, à consoler son consolateur, le priant de ne se mettre en peine pour luy. I'espere dict il, que la diuine clemence aura pitié de moy: il n'y a pas long temps que ie me suis confessé, ie ne crains point la mort;

ains me fiant que l'ame de mon pere eſt
au ciel, deſire que la mienne luy aille tenir compagnie , apres que i'auray pa-
tiemment ſouffert icy la mort.

Voyla tout ce que nous auions pour
maintenant a vous eſcripre de la Chreſtienté de ces quartiers , & de noſtre
Compagnie, nous recommandant tous
humblement aux ſaincts ſacrifices &
oraiſons de voſtre paternité, & luy de-
mandāt ſa ſaincte benediction. De Nangazaqui ce vingt & cinquieſme iour de
Feburier mil ſix cens vn.

ADVIS

ADVIS

DV ROYAVME
ET DE L'ESTAT DV
GRAND ROY DE MOGOR,

successeur du grand Tamburlan : &
d'autres Royaumes des Indes à luy
subiects.

De la personne, qualité, & coustumes dudict
Roy, & des grands signes de sa conuer-
sion à la Foy Chrestienne.

Tirez de plusieurs particuliers aduis enuoyez à Rome, & traduits d'Italien en François.

PAR les lettres qu'ont escript du passé les Peres de
la Compagnie de IESVS,
qui demeurent és Indes
Orientales, & au Iappon,
on a sceu le grand desir que monstroit le
Roy de Mogor d'auoir cognoissance de

I

noſtre foy, & religion Chreſtienne, qu'il
luy fuſt declaré en quoy elle conſiſtoit, &
quel eſtoit ſon fondement, veu qu'elle
eſtoit eſbranlée & ſuyuie par ces peuples
Orientaux, à fin de ſçauoir ce qui eſtoit
de ſon deuoir pour ſe ſauuer, & pour en
faire quelque ſaincte reſolution. Pour
ceſt effect l'an 1580. luy furent enuoyez
de Goa, ville capitale des Indes, quelques Peres de ladicte compagnie qui y
demeurerent quelque temps. Semblablement luy en furent par apres enuoyez
d'autres l'an 1591. mais pour diuerſes occaſions ils s'en retournerent, ne pouuans
rien effectuer. Neantmoins pour autant
que ce Roy de Mogor perſeueroit en
ſon bon deſir, & de rechef faiſoit inſtance, luy furent à ceſte occaſion enuoyez
l'an 1595, quelques autres peres, leſquels
de nouueau donnent aduis de ce qui ſe
paſſe en ces quartiers là. Et par ce que
ce Roy donne grande eſperance de ſa
conuerſion (comme il ſe peut veoir par
leſdictes lettres) Il nous a ſemblé fort
conuenable, à fin que ceux qui ſont deſireux de l'accroiſſement de la ſaincte
foy, & du bien de la ſaincte Egliſe, re-
commandent ardemment ceſt affaire à

noſtre Seigneur, de leur donner quelque cognoiſſance de ce grand Roy de Mogor, de ſon Royaume, puiſſance, & loy : & auſſi de ſes couſtumes, & des ſignes qu'il à touſiours donné de ſa conuerſion, ainſi que l'auons apris des lettres qui ont eſté iuſques à preſent eſcrites dudict lieu par leſdicts Peres, és années 1582. 1591. & 1595.

Ce Roy ſ'appelle Mahomet Zelabdin Echebar (qui eſt le nom propre) Roy de Mogor. Il deſcend par deoitte ligne de ce grand Tamburlan, duquel parlent tant les hiſtoires, qui faiſant la guerre contre Baiazet premier de ce nom, le ſurmonta en chãp de bataille, le print & l'emmena priſõnier en ſon Royaume, ou il le tint enclos dans vne cage de fer, & lors qu'il prenoit ſon repas le faiſoit demeurer ſoubs la table, luy iettãt quelque relief comme à vn chien, & quãd il vouloit monter à cheual, luy faiſoit preſter l'eſchine, ſ'en ſeruant comme de marche pied pour prédre ſon aduãtage. D'abõdãt il le faiſoit trainer derriere ſoy par tout où il alloit encheſné auec des cheſnes d'or, C'eſt Echebar eſt le huictieſme Roy apres le ſuſdit Tamburlan, qui

bailla commencement à ceste Monar-
chie, & duquel ce Roy à prins son origine ou bien comme les autres disent, c'est
le sixiesme nepueu de Tamburlan.

Ledit Echebar nasquit en la Prouince
appellée Chacata, de laquelle le peuple
est Turc, le menu peuple de ce Royaume parle Turquesque, mais non pas si
proprement que les Turcs naturels.

Sa Noblesse & ceux de sa Cour, parlent le langage Persan. Le parler des
hommes lettrez est Arabique, par ce que
l'Alcoran est escrit en ceste langue, comme aussi les autres liures qui traittent de
ceste loy. La Prouince de Chacata est si-
tuée entre les Tartares & les Perses.

Le Royaume de Mogor est situé au
beau milieu de quatre Royaumes. Du
costé d'occident, il à l'Inde Superieure,&
le Royaume de Perse, qui toutesfois tire
plus vers le Septentrion: du costé du Leuant, il a l'Inde inferieure, laquelle
confronte d'autre part au Royaume de
la Chine, deuers le Septentrion, il a le
Royaume de Tartarie dõt le Roy est sur-
nõmé le grand Cham:du costé de Midi il
a le grãd Ocean, & vn coing de terre ferme que les vns appellent Pizo & qui

s'eſtend bien auant dans la mer. Il confronte au Royaume de Calicut, & à coſté, tournant plus vers le leuant, eſt le
Royaume de Golſe de Vangala.

Le Roy Echebar dés l'an 1582. que les
premiers Peres allerent là, eſtoit aagé enuirõ de 40.ans tellemẽt qu'à preſent que
comptons 1597. il a enuiron 55. ans.

Il eſt fort robuſte, plein, & de mediocre ſtature. Il porte en teſte le turban:&
ſon veſtement eſt tiſſu d'or, ſa cazaque
luy va iuſques aux genoux : ſes bas de
chauſſes ſont faicts à noſtre façon,
mais les hauts deſcendent iuſques aux
talons, ſes ſouliers ſont d'vne façon
fort extrauagante & de ſon inuention.
Pour ornemẽt de teſte il porte de groſſes
perles qui entourent ſon front, il a touſiours le poignard à ſa ceincture, ou
pour le moins le tient pres de ſoy, &
ſouuent en main. Il a continuellement
au tour de ſoy ſes gardes leſquelles il
change chaſque iour, comme auſſi les
officiers de ſa maiſon. Il prent plus de
plaiſir de ſe veſtir à noſtre mode qu'à la
Turqueſque, mais en ſon priué il ſe veſt
à la Portugaiſe, & pour l'ordinaire de
ſoye noire. Dés l'an 1582. ce Roy auoit

I iij

trois fils masles, & deux filles : son aysné qui doit succeder à la Couronne, est à present aagé de 32. ans, se nomme Siercho auquel pour tiltre d'honneur, on adiouste, Gio, comme en quelques pays, Dom, qui signifie l'ame. Et partant on l'appelle Siercho-Gio, c'est à dire, l'ame de Siercho.

Le puisné du Roy qui s'appelle Pahari, pour lors aagé de 13. ans, apprenoit la langue Portugaise, & auec icelle les choses de nostre saincte Foy, à laquelle il se monstroit fort affectionné, & promettoit de grands fruicts de soy pour estre de fort bonne & affable nature, & de grand esprit.

Le dernier fils s'appelle Dan, ou Daniel. Ce Roy de Mogor est seigneur, non pas seulement d'vn Royaume, mais de plusieurs conioints ensemble, desquels ceux-cy sont les principaux, sçauoir est le Royaume d'Industant, le Royaume d'Agra, le Royaume de Mendao, fort ancien, au milieu duquel y a vne cité fort fameuse contenant de circuit 30. mille, qui sont dix lieuës. D'autres disent qu'elle à trente six mille de tour, qui sont douze lieuës.

Les autres Royaumes principaux sont,
le Royaume de Lahor, ou pour le plus
souuent le Roy auec sa Cour fait sa residence, le Royaume de Cambaya du costé d'Occident, lequel depuis peu de
temps le Roy Echebar à cõquesté, comme aussi celuy de Vengala.

Il a d'abõdant plusieurs autres Roys
gentils, & seigneurs, lesquels en diuerses
guerres il a subiuguez, sauf quelques vns
d'iceux, qui se sont rendus ses vassaux, &
tributaires de leur gré, craignants que
par force il les y contraignit. Ils demeurent à la Cour du Roy Echebar, & par
ce qu'il vient fort heureusement à bout
de ses entreprinses, les Roys circonuoisins le redoutent, & luy enuoyent des
presents, ou bien luy payent tribut.

On a compté à sa suite vingt Roys
gentils, qui l'accompagnent de çà & de
là, & pour l'ordinaire sont à sa Cour:
Chasqu'vn d'iceux est aussi grand, &
puissant que le Roy de Calicut, & outre
ceux la il en y a plusieurs autres qui resident chasqu'vn en son propre Royaume
& à ceste occasion payent tribut. Il em-
ploye volontiers ces Roys, qui sont pres
de sa personne, donnant à entendre

qu'il se fie beaucoup à eux:au moyen dequoy il les reçoit familierement en son
palais, qui est vne faueur, qu'il ne fait à
pas vn des Mores. D'où l'on peut conie-
cturer qu'il est plus gentil que Mahome-
tain. Tout ce Royaume de Mogor est
posé entre deux grands fleuues:l'vn est le
fleuue Inde, que les habitãts de ce pays
appellent en leur langue Scind: L'autre
est le Gange, qu'ils appellent Ganga.

Les anciens ont appellé ce pays de Mogor l'Inde citerieure, sçauoir est tout ce
quartier qui s'estend iusques à la riuiere
d'Inde: Quelques graues auteurs disent
que l'Apostre S. Barthelemy a presché
l'Euangile en ceste contrée là. Elle a
du costé de Septentrion les Tartares, vne montagne entre deux, nom-
mez les Bothans, peuple docil & bon.
Le premier motif qui excita les premiers Peres de la compagnie, à rechercher les moyens de pouuoir passer à ceste
contrée, pour y annoncer l'Euangile,
fut qu'ils entendirent comme les hommes y son enclins à pieté, & fort miseri-
cordieux à l'endroit des pauures:& quãd
& quãd estimerent que ceste inclination
naturelle aux bonnes œuures, estoit vne

belle difpfiotion pour les gaigner à Iefus-Chrift.

Ces hommes là font blancs de vifage,
& parmy eux n'habitent aucuns Morés:
ils font veftus de certaines cazaques à la
Turquefque fi eftroittes & ferrées cón-
tre la chair, qu'on n'y fçauroit apperce-
uoir aucun ply : & iamais (qui eft chofe
merueilleufe) ne les defpouillent, les
gardans de iour & de nuict fur le dos, iufques à ce que par long vfage ceft habit
tout pourry tombe en pieces. Leurs bó-
nets & chappeaux font pointus en façon
de piramide : ils ne lauent iamais les
mains, à raifon (difent-ils) qu'il n'eft
pas conuenable qu'vn element fi pur
que l'eau, foit fouillé d'aucune ordure ou
falleté. Ils n'ont qu'vne femme, de laquelle ayás eu deux ou trois enfans, n'en
vfent plus, viuans auec telle continence
& chafteté, comme s'ils eftoient freres &
fœurs. Si l'vn d'iceux vient à mourir,
l'autre qui eft furuiuant, foit homme ou
femme, ne fe peut remarier. Ils n'ont
point d'Idoles, & habitent dans les fo-
refts & campagnes à la façon de ceux du
Brafil. Quand quelqu'vn d'eux eft tref-
paffé, ils fe retirent vers les Augurs, pour

I v

ſçauoir ce qu'ils doiuent faire du corps
du treſpaſsé. Ces Augurs fueillettent les
brouillards de leurs liures, cõme pleins
de ſapience diuinereſſe : ſi la reſponce
porte qu'il doiue eſtre bruſlé, ils le bruſ-
lent, ou en font autrement, ſuiuant le
dire des Augurs, iuſques à manger ledict corps ſans aucune difficulté ou
charge de conſcience, bien que pour
aucune autre raiſon ils ne mangent la
chair d'homme comme, font les An-
thropophages.

Ces Botthans icy ſont en couleur &
autres qualitez, ſemblables aux hommes de l'Europe. Ils font la guerre à
pied, leurs armes ſont l'arc & l'eſpée : leur
vaiſſelle, plats & eſcuelles, ſont d'os, &
leur taſſes de teſte de mort. En Eſté ils
portent vendre és villes de Negariots,
Calamur, & autres lieux circõuoiſins de
la montagne, ce qu'ils ont fait en temps
d'hyuer, qui ſont des accouſtremens, &
en ceſte façon gaignent leur vie, & le
moyen de ſecourir les pauures neceſſi-
teux, auſquels volontiers ils font part de
leurs moyens : durant l'hyuer ils ne bou-
gent de leurs maiſons, à cauſe de la neige
qui couure tout.

Du cofté de midy ce Royaume confronte à celuy de Calicut, qui eft enuironné de la mer Oceane : du Leuant il a
le golphe de Vengala, qui eft par delà celuy de Perfe, tirant plus au Leuant, &
qui eft beaucoup plus grand. Il y a de fort
beaux & bons ports.

Il y a grande quantité de meures, pef-
ches, raifins, groffes cerifes, & autres
fruicts, comme limons, citrons & Oran-
ges, & toute forte d'herbes potageres,
fauf les laictues & blettes : le fuccre y eft
en grande abondance.

Ce Royaume a neuf cens lieuës de
tour ou enuiron : de longueur fix
cents, & fa largeur eft de quatre cents
lieuës, chafque lieuë faifant trois mille
d'Italie.

Quant au Royaume d'Induftant, il
eftoit iadis gouuerné par des Roys Chreftiens, qui furent fubiuguez & chaffez
par les Parthes. Le dernier Roy d'iceux
s'appelloit Dauid, qu'on penfe eftre def-
cendu de la mefme race que S. Barthelemy Apoftre. Les fucceffeurs de Tāburlan
ont efté trauaillez de guerre fort lōg tēps
par les Parthes, & furent contraincts de
fe retirer au pays de Cabul, qui con-

I vj

fronteauec la Perſe & l'Inde, mais iceux tournant le viſage à leurs ennemis, conquirent ſur les Parthes la terre ferme qui eſt ce Royaume de Mogor, poſé entre l'Inde & le Gange, comme dit eſt.

Quand le Roy Echebar veut faire la guerre, il a bien dequoy pour venir à bout de ſes entrepriſes, parce que (comme nous auons dit) il a pluſieurs Seigneurs & vaillãts Capitaines en ſa Cour, & chaſqu'vn d'iceux entretient de dix à douze mille cheuaux, & quelques vns iuſques à quatorze mille. Les autres qui ſont de moindre puiſſance, en ont pour le moins de ſept à huict mille, auec bon nombre d'Elephants que chacun d'eux nourrit. Outre ils laiſſent pluſieurs milliers de Cheualiers és garniſons.

Ce Roy tout ſeul mene en guerre cinq cens Elephants armez pour combattre, comme il fit lors qu'il s'en alla contre ſon frere. Ce nombre eſt encor bien petit, au regard de ceùx qu'il entretient en ſon Royaume, qui ſont en nombre plus de cinquante mille, pour toutes occurrences. Or d'autant que ſon Royaume eſt de ſi longue eſtenduë que nous auons dict, & comprend en ſoy pluſieurs peuples & nations, il ne se faut pas estonner s'il s'y trouue grande diuersité de coustumes & sectes, sçauoir est des Mores, Mahometains, Bachains, & autres peuples voisins des Tartares, qui se seruent en guerre de cheuaux de Tartarie, forts à merueilles, & propres à supporter le trauail, mais d'vne couleur laide, maigres & desplaisants à voir.

Quant à l'artillerie le Roy en faict tousiours conduire en grand nombre, & a coustume de la mettre à la teste de l'armée: les Elephants lors qu'ils sont menez en guerre ont sur leur front, pour se garantir des coups, des lames de fer ou de cuir fort dur: ceux qui les gouuernent & conduisent sont armez de fer, de corcelets ou bien de cottes de maille. Chasque Elephãt porte sur soy pour le moins quatre arquebusiers auec grosses arquebuses & mosquets, ou bien autant d'archers à sagette.

Ces Elephans ne sont iamais mis à la teste de la bataille, partie afin que leur excessiue grandeur n'empesche la veuë de l'ennemy, partie aussi pour euiter le desordre qui suruiendroit en l'armée s'il aduenoit que lesdits Elephans fussent

tuez ou bleſſez, mais on les met à l'arrie-
re-garde pour eſtre le ſouſtien de toute
l'armée. Car ſi l'ennemy vient à enfoncer
l'auant-garde & le gros de l'armée, alors
on laſche de tous coſtez vne trouppe de
ces beſtes armées, pour ſouſtenir l'effort
de l'ennemy. On a auſſi couſtume de lier
des eſpées aigues & trenchātes à la trompe de ces Elephants, & des poignard à
leurs dents d'yuoire, qui de tous coſtez
leur ſorttent hors la bouche. Et iaçoit
qu'ils n'euſſent aucunes armes, ſi eſt-ce
qu'auec leur ſeule trompe, ils font vn
grand degaſt, parce qu'auec icelle ils le-
uent en l'air tout ce qu'ils rencontrent,
& par apres auec vne grande violence le
iettent par terre, le fraquaſſans & met-
tans en pieces par ce moyen.

Ces beſtes heurtent auſſi comme Be-
liers ce qui ſemble plus roide qu'eux, &
apres auoir ietté quelqu'vn par terre, le
foulent aux pieds.

Le reuenu que ce Roy tire de ſes ſub-
iets eſt merueilleuſemēt grād, parce que
ſon Royaume abonde en toute ſorte de
marchandiſe, & notamment en eſpice-
rie, poiure, gingembre, canelle, & autres
drogues. Il eſt riche en toute ſorte de me-

tal, cotton, tapisseries, draps de soye, perles & pierres precieuses. De la Tartarie &
pays des Perses vient vn grãd nombre de
bons cheuaux en ce Royaume. Ceste af-
fluence de biens, fait que ce Monarque
serre chasque an dans les coffres de son
espargne, beaucoup de millions, toutes
charges du Royaume faites & acquitées.
Et auec toute ceste cheuance, ce qui plus
est à remarquer, est que ce grand Roy se
maintient dãs les limites de modestie, en
telle sorte qu'on ne peut remarquer en
sa personne fierté ny arrogance. Il ne fait
pas grand cas de soy: son vestement &
maintien est fort modeste, & quasi pareil
à celuy des autres. Quant à son mãger &
boire, il s'accorde auec tout ce que dessus, quoy que le seruice qu'on luy faict,
soit splendide & vrayement Royal. Car
la vaisselle auec laquelle on le sert est fort
riche, estãt apportée de la Chine, sa table
est couuerte de quarante ou cinquante
plats, chacun d'iceux est enueloppé &
enuironné d'vne seruiette liée, laquelle
est seellée du seau du Maistre d'hostel, ou
bien du premier cuisinier, & sont portez
par des pages marchants deuant l'es-
cuyer & grand Maistre.

Ce Roy a beaucoup de belles parties:
il eſt de grand iugement, prudence & entendement, tres-aduiſé, fort affable, fort
magnanime & genereux, de ſorte que ſi
on regarde la prudence, la magnanimité
& la valeur. On n'y peut rien deſirer dauantage: il eſt facetieux, familier, amia-
ble, & auec cela tient ſa grauité & ſeue-
rité. Il eſt fort enclin au bien, amy de
toutes les nations eſtrangeres: mais particulierement des Chreſtiens, deſquels
il veut auoir touſiours quelques vns aupres de ſoy. Il n'y a aucune choſe qu'il
ne ſçache faire, ſoit de ce qui concerne
la guerre, ou qui appartient au gouuernement, auſſi de quelque art mechani-
que que ce ſoit: mais particulierement
il prend vn ſingulier plaiſir de faire des
arquebuſes, ietter en fonte, & monter
artilleries. On forge en ſon Palais des
arquebuſes & des eſpées. Il eſt encores
fort entendu à diſputer des Loix & diuerſes ſectes, dont il eſt grandement
curieux, & ce qui eſt plus eſmerueilla-
ble, eſt, qu'il n'eſt pas homme de lettre,
ne ſçachant pas meſmes l'alphabet, &
neantmoins il ayme fort les Docteurs,
ſi bien qu'il en a touſiours douze pres

de foy, lefquels propofent ordinairemēt
en fa prefence diuerfes queftions, difputans toufiours de quelque nouuelle matiere, qu'ils mettent en auant, ou bien
racomptent diuerfes hiftoires qui peuuent feruir pour acquerir la cognoiffance de plufieurs chofes, auec la prudence
& experience qu'il a.

S'il fe trouue quelques hommes au
pres de luy fuffifants & aptes à quelque
office, ou qui foient ingenieux & indu-
ftrieux en quelque exercice que ce foit
(encore qu'ils foient de baffe condition,
ignobles & eftrangers) il les faict fes fa-
miliers, & les tient pres de luy, les entre-
tenant & leur dōnant quelque charge, &
les aduance en honneur : mais afin qu'ils
ne s'enorgueilliffent ou deuiennent in-
folents, il veut que chacun porte vn figne de fon premier eftat & condition, &
face porter deuanr foy l'inftrument de
l'art qu'il auoit accouftumé d'exercer.
Comme par exemple fon Admiral, lequel auparauant eftoit de baffe condition & chef de ceux qui faifoient des ia-
uelines, à prefent fortant de fa maifon &
allant dehors, fait porter toufiours deuant foy vne iaueline, & ainfi des autres

meſtiers. Quant aux villageois, & iardi-
niers, il veut qu'ils portent deuant eux
vne houë, &c. Et pour le regard du faict
de la Iuſtice en ſon Royaume, il en eſt
tres zelé obſeruateur. En la Cité ou il fait
ſa reſidence, il ne ſe peut iuger aucun
procez, ny donner aucune ſentence, qu'il
n'en ait dict ſon aduis, & pareillement
ſans luy on ne peut punir aucun malfai-
teur. Il eſt tres conſideré quant à punir,
& depuis qu'il a conſigné le coulpable
entre les mains du Iuge, & de la Cour
pour eſtre chaſtié du dernier ſupplice, ou
bien eſtre mutilé de quelque membre,
il veut eſtre aduiſé trois foïs pout le
moins, auant qu'on le mene au ſupplice.
Ceux qui ſont plus peruers, & ont commis des crimes plus enormes, il les fait
ietter aux Elephants, pour eſtre par iceux
foulez aux pieds & fraquaſſez, comme
auſſi ils ont de couſtume de faire en guerre à l'encontre de leurs ennemis, ou bien
ils les tranſpercent par le milieu, & les
empalent auec des pieux tres aigus. Aux
larrons & couppeurs de bources on leur
couppe la main qui a commis le delit.
Quant aux adulteres, homicides & bri-
gands, on les met en croix, ou bien on

leur trenche la teſte, ou on les eſtrangle:
mais les autres moindres mal-faiĉteurs,
qui n'ont commis que quelque legere
faute, ſont chaſtiez à coups de baſtons
& tres bien fouettez, & apres on les laiſſe aller. Rarement ce Prince ſe met en
colere, mais quand l'ire le ſurmonte, on
ne peut dire combien grande eſt ſa colere. Ce qu'il a de bon en cecy, eſt qu'il
ſe remet promptement, eſtant ſa colere
brieue, & qui luy paſſe bien toſt, parce
que veritablement il eſt de ſa nature fort
humain.

Il eſt de ſa complexion fort ſubieĉt à
melancholie, & oppreſſion de cœur : &
partant cherche diuers esbats & paſſe-
temps pour ſe recreer & reſiouyr, & par
ainſi va quelque fois auec pluſieurs Cheualiers d'vn coſté & d'autre. Ils paſſent
leur temps à certain ieu qu'on appelle la
Chiocha, iettant & reiettant certaines
boulles de bois auec vne pallette propre
pour cela, en façõ qu'elle ne touche poĩt
la terre. Car le ieu eſt perdu du coſté de
ceux à qui cela aduiét. Autresfois il préd
ſon plaiſir à voir le cõbat des Elephants,
& autres beſtes qui cõbattent enſemble,
tantoſt à voir iouſter des bufles ou des

cerfs, des coqs ou des moutons. Ores il
prend son esbat à regarder ceux qui luit-
tent, ores se plaist à veoir iouer aux gor-
mades & coups de points.

Aussi de veoir l'esbat des gladiateurs
qui combattent à outrance, à sçauoir
ceux qui par ensemble se tirent de grãds
coups d'espee, cõme on faisoit au temps
des anciens Romains, & autres semblables exercices. Il est addonné à la chasse
des bestes sauuages, desquelles ce pays
est tres-abondant, & allant à la chasse se
sert pour prendre les bestes sauuages des
Panteres, pour autant qu'en ce pays, on
n'vse point de chiens couchants, ny de
leuriers. Quant à la chasse d'oyseaux il
n'y prend pas si grand plaisir, encore
bien qu'il ayt grande quantité d'oyseaux
de proye, & de tres-bons fauconniers,
lesquels sont si expers, & pratiqués,
qu'auec certaines sagettes non empen-
nees ny garnies de fer, qu'ils iettent en
l'air, touchent infailliblement l'oyseau
cependant qu'il vole.

Ce Roy de Mogor abhorre grandement la secte de Mahomet, comme ayãt
desia descouuert sa fauceté & grande tromperie, & est deliberé de la chan-

ger. Partant il a faict ruiner toutes les
Mosquees de son pays, & les a conuerties en estables, & autres lieux de tres vil
exercice. Comme aussi les Alcorants qui
sont tous pour appeller le peuple à leurs
prieres.

En ceste façon il demeure douteux en
son ame, & comme suspens vers quelle
secte il se doit tourner, & quelle est la
vraye loy, recognoissant bien & confes-
sant qu'il y a vn Dieu, premiere cause &
souuerain Seigneur de l'vniuers (ce qu'il
tenoit encores selõ la loy de Mahomet)
il veut estre plustost Gentil, qui est l'autre loy de son peuple, non pas pour adorer les Idoles, cognoissant bien que c'est
vne pure vanité, mais pour adorer le Soleil, comme cause vniuerselle de toutes
les choses qui sont engendrees & pro-
duites en ce bas Monde, & comme la
principale creature entre les visibles que
Dieu a creez plustost que Mahomet faux
Prophete. Ayant ouy parler de toutes les
Loix qui sont au monde, entant qu'il a
peu, aucune d'icelles ne luy aggree dauantage que l'Euangelique & Chrestienne, combien qu'il y ait quelques doutes,
pour autant qu'on n'a peu iusques à pre-

ſent traitter auec luy au long & commodement des myſteres de noſtre foy, pour
la dificulté de la lãgue, & pour pluſieurs
autres reſpects, mais on a eſperance, & y
a beaucoup de coniectures, qu'il ſe doiue
conuertir, & prendre noſtre ſaincte foy
pour pluſieurs ſignes qu'il en a donnez
iuſques à preſent. De la vient que du cõ-
mencement il vouloit, & a demandé
auec grande inſtance aux Ieſuites vn hõme Chreſtien docte en la langue Arabique, & Perſiéne, inſtruit en noſtre Loy, &
en la ſecte de Mahomet, afin qu'il, traitãt
auec luy pour ſe reſoudre tout à faict. La
raiſon, motif & premiere origine pourquoy il eſt enclin à prendre & embraſſer
la Loy Chreſtienne, & s'y mõſtre ainſi affectiõné & fauorable, eſt que dés l'ã 1578.
le Vice-roy des Indes enuoya en ambaſſade vers luy Antoine Cabral Portugais
auec quelques autres de la meſme natiõ.

Ce Roy obſerua lors diligemment les
couſtumes des Chreſtiens Portugais, qui
demeurerent quelque temps en ſa cour,
& ſe pleut aſſez en leur façons de faire,
& tira de ladicte ambaſſade quelque cognoiſſance de la loy Chreſtienne, & des
Peres de la compagnie, qui s'en alloyent

parmy les Indes femer l'Euangile. Il a-
uoit encore ouy ce que deux Peres de la
mefme compagnie venants d'Europe
l'an 1576. auoient faict à l'endroit de
ceux de Vengala, leur donnant cognoiffance de noftre faincte foy, & que
aux Indes il en y auoit d'autres femblab-
bles, lefquels prefchoient la loy Chre-
ftienne, & auoient ja couerty beaucoup
de gens, introduifant cefte doctrine en
plufieurs lieux auec grand fruict.

En apres eftāt demeuré encores aupres
de luy en fa cour vn Pierre Taurio Portugais, qui eftoit des principaux de la
cour, luy en donna plus à plain (comme
à celuy qui eftoit grandement curieux
d'en entendre) nouuelle cognoiffance,
& luy racomptoit de grandes chofes de
noftre faincte foy. A cefte occafion il fit
venir des Indes le Pere Guillaume Per-
riera, par lequel luy fut declaré & donné
mieux entendre, que c'eftoit de noftre
loy. Et certes ce Pere fit tres-bien fon office, & illumina fi heureufement ce Roy
des premiers rayons de la verité, qu'il
monftre des fignes manifeftes du defir
qu'il a d'embraffer la foy & religion,
& cecy fut occafion à ceux de Vengala

de ſe vouloir rebeller , par ce qu'il vouloit changer de foy. Mais apres s'excuſe-
rent, diſans auoir entendu que le Roy
vouloit renoncer à la loy antique de ſes
majeurs,à ſçauoir laMahometaine,pour
en prendre vne nouuelle. Et partant a-
uoient eſleu pour leur chef le Prince de
Quabul, ſon frere germain , lequel auec
vn gros exercite aſſaillit le Royaume
d'Echebar , & entra dedans bien cens
lieuës,& n'en voulut iamais partir , iuſques à ce que le Roy luy alla à l'encontre auec vne tres puiſſante armee , & le
fit retirer au Royaume de Quabul.

Or auant que ceſte guerre fuſt com-
mancee , il appella ces deux Peres de la
Compagnee de Ieſus, dont il a eſté parlé
au commécement, que le Vice-Roy luy
enuoya,& les traicta touſiours tres courtoiſement , iuſques à ce que pour les
bruits & ſoufleuement de quelques parties du Royaume , leurs ſuperieurs les
voulurent tirer de là. Il ne le vouloit
point, & y fit touſiours grande reſiſtãce,
bien qu'il ne leur fit aucune reſiſtance,
mais ſeulement les prioit amiablement
auec tres bonnes paroles, de demeurer,
& ne l'abandonner point, pour le deſir
qu'il

qu'il auoit d'eſtre aidé au ſalut de ſon a-
me. Durãt le tẽps qu'ils y furent, il oyoit
fort ſouuẽt diſcourir des choſes diuines,
de la verité de noſtre loy, de ſes myſteres,
& demeura fort douteux & vacillant deçà & delà, ſans ſçauoir de quel coſté ſe
tourner. Car d'vne part il eſtoit eſpoin-
çonné par la force de la verité qui luy e-
ſtoit preſchee, de l'autre l'ancienne couſtume, & la liberté de la loy Mahometai-
ne le lioit ſi bien qu'il ne ſçauoit de quel
coſté ſe tourner. Les Mores Mahometains le voyãs enclin à noſtre foy cõmencerent à ſe mutiner, outre que ſa mere &
ſa tante, & aucuns des grands ſeigneurs
qu'il auoit autour de luy, faiſoiẽt de mauuais offices cõtre nous & noſtre loy, leur
eſtant aduis, que pour l'honneur & déf-
fenſe de leur loy, ils eſtoient obligez à ce
faire à cauſe de la haine qu'ils ont à la religiõ Chreſtienne. Et par ce ils la luy de-
peignoiẽt miſerable & chetiue. Le meſme faiſoient le grand nõbre de femmes
qu'il auoit, craignãt d'eſtre repudiees. Le
Roy auſſi, bien qu'il ſe monſtraſt de bõne volonté, eſtoit neantmoins detourné
par ſes promenades, continuelles recrea-
tions, grandes occupations, & pluſieurs

K

negoces iournaliers de tout le Royaume, qui ne luy donnoient ny le lieu, ny
temps, pour traiter des chofes de fon falut, lefquelles ont befoing d'vn lõg dif-
cours. La dificulté de la langue eftrange-
re empefchoit auffi beaucoup ceft affaire. Car les Peres ne pouuoient fi librement exprimer leurs concepts, comme
auec la leur propre & naturelle. En forte
que pour lors on ne peut rien faire.

Les deux Peres qui s'en allerent de
Goa vers le Roy de Mogor, l'an 1580. ef-
criuent qu'ils firent vn voyage de vingt
iournees pour aller de Goa iufques à
Surratte qui eft vn port de ce Roy, &
apres plufieurs trauaux & dangers qu'ils
pafferent en leur voyage, s'en allerent de
Surratte iufques à la Cité de Fatepur, ou
en ce tẽps là le Roy fe tenoit ordinairement, & firent voyage de quarante trois
iournees. Ils difoient que ce Roy eftoit fi
defireux de leur venue, qu'il contoit les
iours cependãt qu'il les attendoit, cõme
il leur dit par apres. Ils efcriuoient encores ce qui s'éfuit. Le Roy n'eft pas More,
mais vacillant à toutes les Loix, & ne
croit affeurement qu'aucune d'icelles
foit loy de Dieu, parce qu'en toutes, il y

trouue des chofes qui ne fe peuuent accorder auec fon entendement, auec lequel il penfe les pouuoir mefurer. Auec
tout cecy, il dit & afferme par fois que la
loy Euāgelique luy fatisfaict plus qu'aucune autre, & que s'il peut arriuer iufques à entendre que cefte-cy eft la vraye
loy de Dieu, foudain il la prendra. A la
Cour quelques vns difent qu'il eft Gentil, & qu'il adore le Soleil:les autres difent qu'il eft Chreftien,& les autres qu'il
veut faire vne nouuelle fecte. Le mefme
difoit encores. Parmy cefte nation il y a
diuerfes opinions du Roy. Car les vns
penfent qu'il foit Chreftien, les autres
qu'il foit Gentil,les autres qu'il foit More,mais ceux qui ont meilleur iugement
difent qu'il n'eft ny Gentil, ny More, &
c'eft ce qu'ils tiennent pour le plus vray:
ou biē ils difent qu'il eft More,mais qu'il
fe conforme auec tous, pour gaigner la
volonté de tous, fe faignant, & vfant de
ceft artifice. Or pour autant que ce Roy
auoit efcrit à Goa au Vice-Roy des Indes,& au R.P.Prouincial de la Cōpagnie
de Iefus, qu'ils luy enuoyaffent auec ces
peres les liures de la loy du Createur (ainfi l'appellent ils en ce pays là)laquelle ils

preschoient, trois ou quatre iours apres
qu'ils furēt arriuez là, ils presenterent au
Roy la Bible Royalle à quatre langues,
tresbien reliee & doree. Le Roy Echebar
accompagné de tous les grāds & principaux de son estat, se resiouit grandement
de ceste Bible, & print tous les tomes d'i-
celle l'vn apres l'autre auec grande reuerence, les baisa & se les mit sur sa teste en
presence de tous, apres il les fit mettre
dans sa propre chābre en vn bel armoire
neuf qu'il auoit faict apprester pour cest
effect. Luy presenterent aussi deux beaux
tableaux qu'ils auoyent expressemēt apporté de Goa, auec vne image de la glo-
rieuse Vierge, tenāt sō fils entre ses bras,
qui est le pourtraict de S. Marie Maieur,
& vne de nostre Sauueur. Il receut le tout
auec grande veneration & reuerence, &
en presence de tous, les baisa, & fit baiser
à ses fils. Ce sont les images qu'il a monstré auec grāde deuotion aux deux Peres
qui y sont allez dernierement, & les leur
a donnees pour leur oratoire.

Depuis ayant assigné ausdits Peres cō-
mode habitation, & lieu pour faire vn
oratoire afin d'exercer l'office diuin il
leur a baillé son secōd fils, afin qu'ils luy

enseignaſſent la langue Portugaiſe, eſcrire à noſtre mode , & les principes de la
foy. Il arriua vne fois que s'en allant viſiter ſon fils, il trouua vne exemple pour
eſcrire lequel les Peres luy auoient baillé, & l'ayant fait lire il cõmença. Au nom
de Dieu. Alors le Roy cõmanda qu'on y
adiouſtaſt , & de Ieſus Chriſt, vray Prophete & fils de Dieu, ce qui fut adiouſté
en ſa preſence. Il s'é alla par apres viſiter
l'Oratoire, qu'ils auoiẽt en leur maiſon,
bien orné, la où ils diſoient la Meſſe tous
les iours & ou les Portugais, qui demeurent en cour, la võt ouyr. Le Roy y entra
tout ſeul , & oſta ſon turbã de la teſte, &
ayant mis les genoux en terre fit oraiſon,
premieremẽt à noſtre mode, puis à la ſié-
ne, à ſçauoir à la Turqueſque, & puis à la
façon des Gentils , & dit apres qu'il fut
leué, que Dieu doit eſtre adoré auec toute adoration.

   Apres il s'aſſit auec ſes gens à terre ſur
des tapis auec des cuiſſins deſſus, & dit
qu'il eſtoit eſclairci de ſa loy, & qu'il entendoit bien que la vie & miracles de
Chriſt, eſtoient plus que d'vn homme,
mais qu'il ne pouuoit pas entendre , cõme Dieu a vn fils. Vne autre fois apres

                                    K iij

plusieurs discours, il dist: Mes Peres vous
m'auez fait entendre , touchant vostre
loy beaucoup de choses qui me plaisent
plus qu'aucune chose que i'aye iamais
entendu des autres loix, soit des Mores,
soit des Gentils, ou d'aucune autre: mais
par dessus tous les Mahometains sont
vrayement vne mauuaise race. De là à
huict iours il reuint auec ses trois fils , &
les principaux Seigneurs du Royaume à
l'oratoire, monstrant chaque chose à ses
seigneurs, & louant le tout, & comanda à
ses fils & autres , qu'ils se deschaussassent
les souliers, comme il fit luy mesme selo
la coustume des Mahometains entras en
leur Mosquees. La reuerence qu'il porte
aux images de nostre Seigneur, de la be-
noiste Vierge , & des autres saincts , est
chose fort notable. Il ordonna deslors à
ses peintres qu'ils la tirassent & en fissent
plusieurs pourtraicts. Semblablement il
ordona à vn sie orfeure qu'il luy fist pour
sa personne vn reliquaire d'or, de la mesme sorte qu'estoit faict celuy des Peres,
auec les images de Iesus Christ , & de la
bien-heureuse Vierge , engrauez des
deux costez sur la couuerture: finalemet
il dist aux Peres que leur loy luy plaisoit

beaucoup, mais qu'il ne pouuoit croire
ces deux articles, à sçauoir la Trinité, &
de l'Incarnation, & que s'ils les luy faifoient penetrer & entendre, il vouloit
eftre Chreftien, voire que fi pour cela il
eftoit neceffaire de quitter fon Royaume il le feroit. Il procure de faire trouuer agreable aux autres la loy Euangelique, laquelle il va prefchant par tout. Et
le plus grand defir qu'il ait, c'eft de fçauoir qu'elle eft la vraye loy de Dieu, de
façon que chaque iour il ne faict autre
chofe que difputer de cecy auec les Pre-
ftres de fa loy, qui s'appellent Mullas, lefquels fçauent fort peu, & ne peuuent defendre leur Prophete, ny rendre raifon
de leur liure appellé l'Alcoran. Ceux-cy
admettent Dauid, Moyfe & l'Euangile,
lefquels ils n'ôt pas & ne leur eft loifible
de les lire, par ce que leur faux Prophete
la ainfi ordonné. Nos Peres les conuain-
quent leur difant, que fi l'Alcoran eft
leur efcriture faincte, & leur Prophete,
eft Mahomet, il eft neceffaire de prouuer
cecy par les autres liures de l'efcriture
Saincte, lefquels ils côfeffent defia, & de
les accorder enfemble, autrement n'eftât
point d'accord, ou ceux-ci, où ceux-là

K iiij

font faux , puis qu'ils difent chofes con-
traires. Le Roy a perdu totalement la
creance qu'il auoit à fa loy , & fes Pre-
ftres, & le confeffe ouuertement. Il ayme
tant les Chreftiens, qu'il a permis à quelques reniez qui eftoient en fa terre , de
s'en retourner au pays des Chreftiens,
afin de fe pouuoir remettre à la foy , &
conceda à l'vn d'iceux , qu'il fe veftit à la
mode des Chreftiens, & ainfi le print en
fa maifon pour fon feruiteur.

    En ce temps mourut vn Portugais
qui fuyuoit la Cour , & le Roy donna
licence à nos Peres de l'enfeuelir à leur
façon , faifant porter la Croix deuant
eux par le milieu de la Cité , auec cier-
ges allumez , ce qui donna grande edification à chacun , voyant la charité & religion que les Chreftiens auoyent à enfeuelir les morts. Les Mores mefmes
prioient pour luy , & aiderent à l'enter-
rer. Il y a neantmoins grande dificulté
pour leur côuerfion , par ce que ne croy-
ans point aux fufdits articles , il ne fuffit
pas de les leur prouuer auec l'efcriture,
pour autant qu'ils doutent de tout ce
qu'elle contient , difans que les Gentils
afferment que leur loy eft la vraye. Les

Mores difent encores, ainfi & le Chreftien dict le mefme, & que cecy les rend
fort fufpens. La grāde occupation de ce
Roy, ne luy permet pas de prēdre le tēps
qui luy eft neceffaire pour ouïr la decla-
ration des chofes de Dieu, & quand on
luy parle, il demande vne chofe, & foudain vne autre, comme celuy qui eft fort
defireux de fçauoir quelle eft la verité,
de forte qu'il ne laiffe acheuer & dire ce
qui eft neceffaire touchant vn article.
Il a tous les paffe-temps poffibles, & plus
de cent femmes, eft fort curieux de veoir
des miracles, & tafcha deux ou trois fois
à faire que nos Peres entraffent auec l'E-
uangile en main au feu, & que pareillement quelqu'vn de fes Mullas y entraft
auffi auec l'Alcoran, pour voir laquelle
des deux loix eftoit la bonne. Mais ils
l'appaiferent touchant ce faict difans
que faire cela fans aucune particuliere
infpiratiō, eftoit vne prefomption, & vn
vouloir tenter Dieu noftre Seigneur.
Dequoy il demeura fatisfaict. Le mefme iour que ces Peres furent arriuez le
Roy leur voulut dōner vne bonne fom-
me de deniers, mais ils ne la voulurent
accepter. Dequoy il receut grande edifi-

cation, de forte que quand fes Seigneurs voyoient les Peres ils difoient qu'ils n'eftoyent pas comme leur Mullas & religieux, qui ne vouloyent autre chofe qu'argent. Nos Peres voyans les tumultes excitez, & les rebellions appareillées à caufe du chagement de Loy, dirent au Roy que quant à eux ce leur feroit vn grand heur de mourir pour la foy de Iefus Chrift, ce qu'il racompta vn iour à fes Seigneurs Capitaines qui font autour de luy, loüant les Peres de ce qu'ils auoiét dit que pour la verité de leur foy, ils eftoient appareillés de mourir. Depuis à l'inftance du mefme Roy comme il a efté dit au commencement, deux autres Peres qui font allez vers luy l'an 1594. ont ofté plufieurs empefchemens, & particulieremét l'ont reduit à fe contenter d'vne femme, & defirer de traicter familierement de la verité de noftre foy, & de fon falut. A ces fins il faict grande inftance qu'ils apprennét la langue du païs, & baftiffent vne belle Eglife, laquelle il veut fonder ayant defia mis par terre les mofquées, & donné de foy mefme licence generalle aux Peres qu'ils baptizent & faffent Chreftiens

tous ceux qui le voudrõt estre. Or pource que tãt cecy que l'estat presẽt de ceste
mission , s'entendra mieux des lettres
mesmes,nous les mettrons cy dessoubs.

EXTRAICT DES LETTRES
Escriptes au R. P. Claude Aquauiua Ge-
neral de la Compagnie de IESVS, *par le*
P. Prouincial de l'Inde Orientale , l'an 1595.

ECHEBAR (lequel nous appellõs com-
munement le grãd Mogor) deman-
da de rechef l'année passée par son Am-
bassadeur,des Peres de nostre Cõpagnie,
& ce pour la troisiesme fois auec grande
instance. Le vice-Roy traicta promptement de cest affaire auec le R. P. Prouincial, le priant instamment qu'il luy
dõnast quelques Peres pour ceste missiõ.
Le R. P. Prouincial , comme il estoit
aduerty de vostre paternité combien elle desiroit qu'au lieu de Lahor , ou est
la Cour de ce puissant Roy, y eut des peres de la compagnie, lesquels fissent là
leur residence , voyant l'instãce du Vice-
Roy luy dit qu'il traicteroit de cest affaire auec les Peres , & luy en donneroit

K vj

bien toſt reſponce. A la cõſulte touchãt ceſte miſſion, fut reſolu qu'elle ſe deuoit faire, puis que telle eſtoit la volonté de voſtre paternité, & qu'on la requeroit a-uec grande inſtance. Car comme Dieu a couſtume de differer les choſes grandes pour quelque tẽps qui luy eſt cogneu, à preſent pouuoit eſtre le tẽps determiné de Dieu pour tourner les yeux vers ce Royaume, & chaſſer les tenebres de ces miſerables aueuglez. Ayant cõſulté qui on y deuoit enuoyer, le ſort heureux, & ſainctemẽt enuié de pluſieurs, tomba ſur le P. Schiauier, pour lors Recteur de la maiſon profeſſe de Goa. Il auoit jà long tẽps que noſtre Seigneur luy donnoit à entẽdre, que ce ſort luy deuoit eſcheoir, & cõme tel il l'accepta, & luy furent nõ-mez deux cõpagnons, à ſçauoir le P. Ma-nuel Pignero, & vn frere nõmé Benoiſt de Goa. Leſquels accõmodez d'ornemẽs pour l'Egliſe & propres pour celebrer, auec autres choſes, ſe mirent en chemin en la compagnie d'vn Armenien, lequel mena les premiers Peres, Rodolphe A-quauiua, & ſes compagnõs. Ils partirẽt d'icy dans vne galere par Daman, de là paſſerent à Cambaia, ou Dieu noſtre Sei-

gneur leur commença à dôner quelque
prefage du grand fruict qui s'atend là, &
fi grande côfolation, qu'il fembloit qu'il
les payaft deuant le temps du trauail de
leur miffion. Partant ils feiournerent
quelques iours à Cambaia, & y dreffe-
rent leur autel en vne maifon, ou ils s'af-
fembloient, & en firent comme vne E-
glife où ils confeffoient & adminiftroiêt
les Sacrements aux Portugais & Chreftiens qui demeurent en ces quartiers là.
On entendra mieux le fruit qui fut re-
cueilly de ce feiour, & celuy qu'on en ef-
pere recueillir à l'auenir, par quelques
points de la lettre que les Peres efcriui-
rent.

*Quelques points d'vne lettre du P. Emanuël
Pignero au R. Pere Prouincial des Indes
Orientales à Goa.*

Estants arriuez à Cambaya, nous
nous mifmes à accommoder vne
maifon, & en icelle fifmes dreffer vn autel, affin de celebrer la fefte de Noël, ou
nous receumes vne grande allegreffe des
Portugais, lefquels s'y treuuerent bien
cent, & auec vne grande ioye & confolation fpirituelle, fe confefferent &

cõmunierent:entre autres vn lequel lõg
temps auparauãt se tenoit en ce pays-là,
& estoit deuenu Iocque,viuãt en ses ini-
quitez, se reduisit auec si grãde douleur
de ses pechez que soudain il se disposa
pour s'en aller demeurer parmy les
Chrestiẽs, auec sa fẽme qu'il auoit quit-
tée. Ie puis certifier V. R. que ie ne me
trouuay iamais si deuot(le mesme disent
mes autres compagnons)comme ce peu
de iours que nous demeurasmes là. Ie
croy qu'il n'y a si indeuot qui venant à
Cambaia, ne deuienne aussi tost deuot,
puis que moy tãt froid & indeuot le suis
deuenu. Nous remarquons clairement
que Dieu n'est pas attaché aux lieux,veu
qu'en ceste forest toute enuironnée de
lieux sauuages,il se communique plus a-
bondãment que nõ pas parmy les bruits
& tumultes de l'abõdãce des peuples des
Citez. La chapelle estoit si deuote & or-
née de toute sorte de fleurs, & de roses
tres odoriferantes, qu'elle sembloit vne
chose toute celeste, si que les Portugais
la frequẽtoient tous les iours,cõme s'ils
fussent venus gaigner le Iubilé. Autãt en
faisoient les Mores & Gentils,lesquels à
l'entrée disoiẽt qu'ils sentoient quelque

chofe celefte , difant Dieu demeure icy
Dieu y demeure , & quafi côme pafmez
& eftônez plufieurs fe mettoiêt à genoux
pour adorer le petit Iefus, & luy baifoiêt
les pieds, oftans le turbã de leur tefte. Le
mefme faifoiêt ils à l'image de noftre Dame. Ie ne fçaurois dire à voftre reuerêce
les effets de deuotiõ que ce peuple mô-
ftroit. Car voyãt l'image de la Vierge ils
luy portóient vne tres-grande reuerêce.
Ils venoient au fon de la clochette comme s'ils euffent efté Chreftiens , & auec
auffi grande affeûrance comme nous, &
les principaux d'entre eux eftoient les
premiers. Ce qu'ayant entendu le gouuerneur de la Cité , enuoya requerir
qu'on luy permit de veoir noftre chapelle. Mais il ne nous fut poffible pour lors,
par ce que nous auions defia tout plié &
empacqueté eftans prefts à partir.

La caufe pourquoy ceftuy-cy n'y vint
plus toft fut qu'il ieufnoit, qui eft côme
chez nous eftre occupé en exercices fpirituels, sãs vaquer à aucun autre negoce.
Quelques vns ieufnent l'efpace de huiĉt
iours, les autres quinze, autres vingt
& trente, fans manger pas vn morceau, feulement il leur eft permis boire

de l'eau lors qu'ils ont foif. Il y en eut
vn de ceux qui faifoient telle penitence,
à qui l'œil gauche fortit hors la tefte.
L'obeiffance & refpect qu'ils ont à leur
Brachman (qui eft comme leur Vicaire)
eft admirable : ils vont le faluër & luy
donner le bon iour auãt s'occuper à aucun negoce. Certes ie demeuray tout
confus, voyãt qu'ils font plus pour leurs
faux Dieux, que ie ne fais pour leternel.
L'vn d'iceux me dit que fi fon Brachman
luy commandoit de donner tous fes ve-
ftements par aumofne il le feroit, voire
mefme s'il luy commandoit de bailler fa
vie. C'eft vne chofe commune à tous.

En vne lettre du Pere Hierofme
Schauier il eft encores parlé de la deuotion des Portugais, de la Chapelle qu'ils
drefferẽt, & du fruict d'icelle, en ces termes. Finalement ie m'expediay des Portugais par la derniere predication, par ce
que ie les auois eus tous ces fainéts iours
de fefte, & le Dimanche, excepté le iour
de la Circõcifion, que ie fus occupé auec
le Roy de Mogor. L'eftude q̃ ie fis pour
ces fermõs fut celle que noftre Seigneur
me donna, dont l'effect fut grand. Il y eut
beaucoup de confeffions de grande im-

portance pour le feruice de Dieu , quafi
tous les Portugais, leurs domeftiques, &
feruiteurs qui demeuroient là, fe confefferent & plufieurs fe communierent, &
quand les vns s'en alloient les autres venoient: on fatisfaifoit à chacun : tous ne
ne pouuoient demeurer dans la chappelle, & par ce les vns oyoient la premiere,
les autres la fecõde Meffe. La predicatiõ
fe fit à la baffe cour de la maifon. Ayant
finy la predicatiõ, ie m'en allois prendre
ma leçon d'vn More qui m'enfeignoit la
langue du pays.

Le Pere Emanuel Pignero raconte la
caufe du feiour qu'ils firent à Cambaia,
c'eft qu'alors fy trouua vn fils d'Echebar
auec fon armée, lequel auffi toft qu'il vit
les Peres, fe mit à deuifer auec eux , leur
racontant, prefchãt & publiant l'amour
auec lequel fon Pere les receuroit. Ie
mettray icy vne partie de la lettre du P.
Emanuel Pignero, au R. P. Prouincial,
laquelle ne fera pas ennuyeufe à ouyr.

Nous trouuafmes en cefte Cité de Cãbaia Soltan Horat, fils puifné du Roy E-
chebar. lequel fçachant noftre arriuée, le
iour enfuiuant qui fut la veille de Noel,
nous manda dire que nous alliffions lo-

ger au chasteau de ceste cité, lequel estoit
tout pres de nostre logis, parce qu'il desiroit nous voir là. Il venoit du Cãp lequel
il auoit logé hors la cité, Nous fusmes receuz de luy auec grands signes d'amour,
& parce qu'il estoit nuict, il partit aussi
tost apres auoir tiré de ceste ville par re-
questes & prieres, 200. mille Crutrats tãt
en argẽt qu'en pieces d'or. Il s'ẽ alla à Sur-
rate, disãt qu'il vouloit aller pardela Me-
lico, & estãt à vne lieuë loing de ceste cité, nºᵉ enuoya appeller trois heures apres
minuict, Ce qui nous fut fort fascheux &
incõmode, parce qu'il nous falloit celebrer la feste de la Circoncision. La Messe
acheuée, nous nous acheminasmes aussi
tost vers le camp, ou nous arriuasmes à
l'heure que tous les Capitaines & Gẽtils-
hommes luy venoient dõner le bõ iour.
Il estoit en vne tente merueilleusement
haute pour estre veu de tous. Arriués que
nous fusmes, nous luy fismes la mesme
reuerence que luy faisoient ses Capitaines, qui estoit de baisser la teste, & demeurer là debout. Nous nous mismes
parmy ces Seigneurs, lesquels demeuroient cõme statues, ayans les yeux fichez
sur luy. Apres cecy nous entrasmes dans

son pauillon lequel estoit fort grand.

Le rāpart ou platte forme qu'on faisoit
dehors à la façon d'vne muraille, estoit
semblable à celuy du vice-ʀoy qui est vne
place fort grande. Au milieu de ceste ter-
rasse, estoit vne petite tête ouuerte de toᵘ
costez, auec vn petit lit. Il nous receut là
dedãs auec beaucoup plᵘ d'alegresse & signe de bienueillāce que la premiere fois,
nous demādāt plusieurs choses de diuerses parts, cóme en Portugal y auoit de neges, si la chasse y estoit en vsage, si on y
trouuoit d'ours, lieures, oiseaux de chasse, vautours, faucós, &c. noᵘ ayāt respódu
qu'ouy, il se tourna vers ses gens, leur disant encores en Portugal se trouue telle
chose. Ce qu'oyāt les siens, mettoient la
palme des mains à terre, & puis dessus la
teste qui est signe de l'honneur qu'il leur
fait de parler à eux. Il demādoit encores
en quoy s'occupoiēt leurs Roys, & cent
mille autres choses. S'ē allāt ou il vouloit
mōter à cheual, on luy porta 15. cēts Ma-
nude, qui mōtent à plᵘ de 3. cēs pardaies,
& nous dit, qu'il sçauoit biē que nous ne
prenions point d'argent, ny autre chose,
mais attendu que nous estiōs pauures &
necessiteux, il noᵘ prioit d'accepter cela,

pour faire le voyage, & fans s'arrefter dauantage partit de là. Auparauant doutāt
que nous n'accepterions pas ledit argent
il auoit donné ordre qu'on le baillaft à
l'Armenien qui demeuroit auec nous,
enfemble trois charrettes auec fix bœufs,
& trois cheuaux. C'eft argent nous vint
fort à propos pour faire noftre voyage,
parce que l'Armenien n'auoit point de
paffeport pour nous mener par Cambaia
mais bien par la Scinde. Party que fut
Soldan Horat, il nous fallut preparer
pour partir, ce qui ne peut eftre fi toft
que nous euffions voulu, parce que le
Gouuerneur de cefte terre là, faifoit encores fō ieufne. Ce fils d'Echebar menoit
auec luy 4. ou 5. mille cheuaux, & difoit-
on qu'il en auoit au deuant 20. mille. Il
menoit 4. cents Elephāts, fept cents chameaux, 40. ou 50. dromaderes, 4. mille
bœufs, 15. groffes pieces d'artillerie, & 4.
moyennes, auec quelques couleurines &
& fauconneaux. Il s'en va auec grād courage, & defir de fubiuguer tout le Decan,
mas ie crains qu'il ne luy arriue tout au
cōtraire, pour eftre gouuerné par de ieunes gens & nō affez aduifez, lefquels pour
eftre luy de fa nature paifible, doux, & li-

beral, l'ont defia tout changé. Il eſt fort
peu deuot à ſes moſquées, & ne les void
iamais. Tout ſon plaiſir & occupation
eſt à chaſſer & courtiſer.

Encores que la demeure que le Pere
Schauier & ſes cõpagnons firent à Cambaia, laquelle fut de 26. iours ſemble eſtre
fortuite: toutesfois la rencõtre que nous
euſmes auec le Seigneur de la terre, mõſtra que c'eſtoit vne prouidence de Dieu
qu'il n'entẽdoit pas, mais Dieu le diſpo-
ſoit ainſi, afin que les Peres viſſẽt de pres
ſi ceſte terre eſtoit diſpoſée pour receuoir la Loy de Dieu, & ouyr la predicatiõ
de l'Euangile, choſe qui a eſté fort long
temps deſirée par les Noſtres. Le R. P.
Prouincial n'a plus grand deſſeing deuãt
les yeux, qu'auoir quelque occaſion d'enuoyer des Peres à Cambaia, & mettre le
pied dans ce grãd Royaume, duquel tous
les habitãs ſont gentils, mais au reſte fort
miſericordieux, aumoſniers, deuots, &
fort deſireux de leur ſalut, iaçoit qu'ils
eſtiment qu'il conſiſte là ou pluſtoſt giſt
la mort, ainſi abuſez par leurs maiſtres.
En ce petit ſeiour que les Peres firent là,
ils y virent ceſte bõne diſpoſition & aug-
menterent grãdement le deſir que le R.

P. Prouincial auoit de tenter l'entrée en
iceluy, de forte qu'il a defia enuoyé demãder au Roy Echebar lettres patétes, à
fin qu'il fut permis aux noftres de demu-
rer à Cãbaia, terre laqlle luy eft fubiecte,
voyãt q̃ plufieurs font affez animez pour
cefte entreprinfe le P. Emanuel Pignero
en efcriuit au R. P. Prouincial, difãt ainfi.

Cefte nation eft grãde aumofniere, deuote, & amie de fon falut. Hier qui fut le
8. de Iãuier 1595. Ie fceuz qu'on auoit dõné en aumofne pl⁹ de 20. mille parodaos,
qui vallent chacnn 5. teftons en cefte ville. On me mõftra vn homme lequel feul
en auoit dõné 5. mille, & vn autre 3. mille, & vn autre 15. cents. I'ay apprins pour
certain que les aumofnes qui ont efté faites ce iour, en tout ce guffarat, mõtent à
vn million d'or, & ayant demãdé la caufe
ie fceuz qu'ils le faifoient parce que ce
iour là le Soleil paffoit du Sud au Nord,
ainfi q̃ leur fõt accroire leur Bracmanes.
Ils fõt encores ces aumofnes afin q̃ Dieu
les tire à la gloire, & pour la mefme fin
ils font des penitẽces & pelerinages, mais
comme ils fõt abufez ils perdẽt leur peine. Il n'y a pas lõg temps qu'ils partirent
de cefte Cité pour aller en pelerinage à

Ganga, qui eſt le fleuue de Ganges en Vengala, 50. mille perſonnes. Et ſe tient pour bien-heureux celuy qui ſe peut lauer en ceſte riuiere. Si lors qu'ils s'en võt mourir ils boiuent vn peu de ceſte eau, ils penſent eſtre aſſeurez de leur ſalut.

I'ay traicté auec vn Gẽtil nommé Gedacham grand Seigneur qui auoit fait 7. pelerinages vers ce fleuue, peſé 3. fois ſa mere, la premiere auec autant d'argent, la ſeconde auec autant de perles, & la 3. auec autant d'or, & tout diſtribué aux pauures. Le Rau frere de ce Gedacham donna vn iour par aumoſne 150. & tãt de mille pardaie de 5. larins chacun, & ce afin que leurs Pagodi (qui ſont leurs Idoles) les fauoriſaſſent aupres du Roy, vers lequel il s'en alloit mandé par luy. On ne ſçauroit nier que ceſte natiõ ne ſoit pleine de compaſſion: arriuant le rayon du Soleil de Iuſtice en ceſte Cité, ie croy qu'il ne ſera pas beaucoup difficile à la renger à noſtre Foy.

Vn hõme des principaux de ceſte ville auec lequel i'ay traitté particulieremẽt, & (lequel entretiẽt cent perſonnes en ſa maiſon) me dit qu'il ne doutoit pas q̃ noſtre loy ne fut veritable, mais cõme ſeroit

il possible, q̃ luy seul estãt tel qu'il estoit
se fit Chrestien, & que ie luy disse si estãt
prest à mourir, il se pourroit baptiser soy-
mesme. Cestui-cy me pria auec grãde instance que i'obtinse vne permission d'E-
chebar qu'on peut faire là vne Eglise,
promettãt que soudain il se feroit Chrestien. Se trouuant vn iour au iardin du
Roy qui est dedans la forteresse, & voyãt
vne maison faicte en voute richement e-
laborée d'or & d'excellente peinture, il
la desira grandement pour en faire vne
Eglise, & m'aduisa que ie la demandasse à
Echebar. Par fois ie m'ẽ allois vers l'hospital que ceste nation tient pour toute
sorte d'oiseaux, ou ils sont gueris quand
ils sont malades. I'y veis quelques paõs,
lesquels pour estre incurables, ne pouuoient estre chassez de l'hospital. On
porta vne fois à cest hospital vn espreuier
malade d'vne iambe, lequel estant guary
se ietta sur les autres oiseaux, & en tua
plusieurs. Ce que voyant l'hospitalier le
chassa dehors comme dommageable. Ils
ont vn hospital pour les oiseaux, & n'en
treuuent aucun pour les hõmes, les lais-
sans mourir abandõnez. Ie n'ennuyeray
pas dauantage V. R. de ces choses, seulement

ment luy diray touchant ceste matiere,
que ie pourrois bien aller librement par
les rues de Cambaia, chantãt la doctrine
Chrestienne, & esleuer l'estendart de la
Croix, sans crainte des Mores ny des Gẽtils: plusieurs d'iceux m'accõpagneroiẽt
tãnt est grãd le respect & l'amour qu'ils
nous mõstrent. Le mesme dict le P. Schauier, en sorte que si nous n'eussiõs eu du
commencemẽt plus grãds affaires, & eut
esté la volonté de V. R. nous fussions demeurez icy pour les grãdes esperãces que
nous y voyons, mais on espere beaucoup
de nostre missiõ: car ceux qui sont natifs
d'icy, dient que c'est à ce coup que Echebar, mettra à chef son entreprinse, Dieu
vueille par sa misericorde qu'ainsi soit:
mais cecy n'empeschera pas que ie ne
m'en aille, resolu de faire ma sepulture
en ce pays icy, m'estant concedé par la
saincte obeissance.

Si vostre reuerence veut escrire au P.
Chauier, il le pourra faire par ce porteur,
pour auoir cestui-cy des affaires, auec vn
certain Cãbaian appellé Bauaça, le meilleur homme de Cambaia, riche, honora-
ble & grand amy de nos Peres. Cestui-cy
sera le premier (si plaist à Dieu) qui se fera

L

Chreſtien, allant à ſa maiſon il nous mõſtra tout ce qu'il auoit en icelle, il a vne
maiſon digne de ſoy, baſtie à la façon de
Portugal. En fin il fit venir vn ſien petit
fils de deux ou trois mois, auquel ayant
donné la benediction, ie dis, Dieu te face
ſelon qu'il peut: il me reſpondit dites luy
ie vous prie, Dieu te face Chreſtien. Le
meſme traicta longuement auec moy de
ſon ſalut, du Bapteſme, s'il eſtoit poſſible
qu'on ſe peut baptiſer ſoy-meſmes : bref
me diſt que ce n'eſtoit qu'vne chanſon &
fable que la ſecte des Gentils. Il eſt ennemy capital de certaines gẽs qu'ils appellent Verteas, leſquels viuẽt enſemble en
congregation, cõme religieux. Lors que
i'allay à leur maiſon ils eſtoient enuiron
50. ils ſont veſtus de certain drap blanc,
ne portent aucune choſe à la teſte: ont la
barbe raſe, non pas faicte auec le raſoir,
mais pelee, par ce qu'ils en arrachẽt tous
les poils, & de la teſte auſſi, n'en laiſſants
ſinon quelques vns au milieu de la teſte
iuſques à la cime, & demeurent par ce
moyen quaſi tous chauues. Ils viuent en
pauureté, ne reçoiuẽt l'aumoſne de perſonne ſinon de ce qui leur eſt reſté de table. N'õt point de femmes, leur ſecte eſt

escrite en des liures, auec lettres du Guî-
larato : ils boiuent l'eau chaude non pas
de peur du catarre, mais par ce qu'ils diēt
que l'eau est animee , & que la beuuant
sans cuire, on luy tue l'ame que Dieu a
creée, qui est vn grand peché; mais estant
cuite , elle n'est plus animee. Pour ceste
cause ils portēt en leurs mains certaines
vergetes , lesquelles auec leur manche
semblent des penaches faits de coton, &
s'en seruēt pour balier par où ils passent,
de peur qu'il ne leur aduienne de tüer
quelque vermisseau. Ie vis leur Prieur &
principal plusieurs fois balier le lieu deuant qu'il s'assit pour ce respect. Leur general a cent mille hōmes sous son obeissance, & tous les ans ils en elisent vn. Ie
vis parmy eux de petits enfans de 8. ou 9.
ans, qui sembloient des Anges, ils ne re-
semblent point les Indiens, ains ceux
d'Europe. Dés cest aage les P. dediēt leurs
enfans à ceste religiō. Ils auoient tous en
la bouche vn morceau de drap large de
quatre doigts, attaché aux deux oreilles
par deux trous, qui sont aux 2. bouts du
drap, faisant le tour par le derriere des o-
reilles. Ie leur demanday pourquoy ils
portoient ceste bauette, ils eurent diffi-

culté à le dire, mais ie fçeus que c'eftoit
afin que par difgrace il n'entraft dans eux
quelque mouche ou moucheron , &
qu'ils vinfent à le tuer.

Ceux-cy tiennent que le mōde fut creé
il y a vn milliō d'ānees,& qu'en ce temps
là,Dieu enuoya vingt & trois Apoftres,
& qu'à prefent en ce 3. aage du monde il
en a enuoyé vn mille, qui font 24. & il y
a 2.mille ans que ceftui-cy doit eftre venu, & depuis ce tēps là ils ont des efcritures,ce que les autres n'auoient pas. Le
P. Schauier & moy , leur traictafmes de
cecy , leur difāt que ce qui leur auoit efté
reuelé par telles efcritures eftoit pour
leur falut,eftāt en cecy noftre interprete
le fufdit Babafa:ils nous refpōdirēt:nous
en parlerōs vne autre fois.Mais nous n'y
retournafmes plus , encore qu'ils le de-
mādaffēt auec grāde inftāce,par ce q nous
partifmes le iour enfuiuant. Quāt à moy
ie pēfe que quand les noftres ferōt venus
là,ils aurōt bien de la befongne, & dirōt
c'eft affez Seigñr,toutefois fecourez no°.

Ie penfois allant par Cambaia , que ie
marchois par Euora, tant eft grande la
multitude des hōmes & des femmes, &
les fignes de bienueillance qu'ils nous

monftrent par leurs regards, & par leurs paroles. Tout leur langage eſt de dire peres, peres, voyci les peres. En eſcriuant cecy les larmes me venoient aux yeux pour pleurer. Ie ne ſçay pas ce que noſtre Seigneur veut icy faire, il ordonnera ce qui ſera le meilleur. Telle fut la monſtre que Dieu N.S. voulut faire aux Peres de ceſte miſſiõ ſoudain qu'ils furent arriuez en Cãbaia, laquelle eſt ſubiecte au grand Mogor, ce qui pronoſtiquoit bien, ce qu'ils deuoient rencontrer à la Cour. Le 4. de Nouembre qui fut auant hier, arriua vn Armenien, auec les lettres du pere Schauier & Emanuel Pignero, qui ſont à Bahos où eſt la Cour du grand Mogor, & auec la ſuſdicte lettre eſtoit celle-cy qui ſ'addreſſe à voſtre Paternité.

Coppie d'vne lettre du Pere Hierome Schauier eſcrite au R.P. General de la Compagnie de Ieſus.

Mon R. P. en Jeſus Chriſt. La paix de noſtre Seigneur Jeſus Chriſt ſoit auec vous.

I'Eſcriuy à voſtre Paternité de Goa ſur le poinct q̃ la ſaincte obeiſſãce nous enuoyoit à la Cour du grand Mogor, de la grand' allegreſſe auec laquelle nous

nous y acheminions . Cinq mois apres
nous y arriuafmes encore que de Goa
iufques icy on ne mette ordinairement
q̃ deux mois. Nous cheminafmes deux
cẽs trẽte lieuës par terre , & ce toufiours
dãs fon païs. Quand nous y fufmes arriuez, il nous receut publiquement , auec
beaucoup d'hõneur & amitié , & depuis
toufiours par tout où il nous void nous
faict de mefmes , nous dõnant toufiours
place au pres de foy, parmy fes grãds Seigneurs . Iufques à prefent il a fort peu
traicté auec nous de chofes d'importance, & riẽ du tout de noftre loy. Plufieurs
fois il nous ramentoit auec vne grande
affection que nous apprenions le langage du païs , affin qu'il puiffe fans interprete, traicter auec nous des chofes de
fon falut. Vne fois il nous fit dire par vn
de fes plus fauoris Docteurs de la loy,
que fi nous apprenions la langue Perfiẽ-
ne on deflieroit vn gros neud qui eftoit
lié. Le Roy fe monftre bien difposé enuers ce qui cõcerne la religiõ Chreftien-
ne. Il a quelques images de noftre Seigneur Iefus- Chrift & de noftre Dame,
fort riches & des plus excellentes qui
viẽnent d'Europe , il les tient fort deuo-

tement & auec beaucoup de reuerêce , il
prend grand plaisir d'en faire la monstre,
les tenant luy mesme entre les bras , si
long temps qu'il ne se peut faire qui ne
s'en lasse, elles estant fort grandes.

Il vint vn iour à vne de nos selennitez,
lors que nous disiós les litanies. Ce pendant qu'elles se disoient, il demeura à genoux les mains iointes , comme si c'eust
esté vn Roy Chrestien , & s'entretint lóg
temps à contempler les images, & à s'informer de leurs mysteres. Pour la feste de
l'Assóption il nous presta ses images auec
vn seul petit mot que nous luy dismes, il
nous enuoya deux de ses escuiers auec riches draps de soye, auec lesquels ses gens
mesmes ornerent & accómoderent nostre chappelle fort richement. Il se monstre tres-affectióné à nostre Dame, & luy
porte grand amour & deuotion. Le mesme dis-ie du Prince, lequel se fascha grãdement contre le More qui nous códui-
soit , de ce qu'il ne luy auoit apporté aucune image de nostre Dame. Il en enuoie
à present vn autre pour luy en achepter,
& luy porter quelques autres choses, luy
recómandant sur tout, qu'à quelque pris
que ce soit il luy porte vne image de no-

ſtre Dame. Vn peintre Portugais, eſtant
venu en noſtre compagnie, la premiere
choſe qu'il luy fit peindre fut vne image
de la Vierge, qu'il fit tirer d'vne grande
que nous auions apporté. Ayant veu dãs
noſtre chapelle le iour qu'il vint auec le
Roy ſon pere, vne image du petit enfant
Ieſus, & vn crucifix, il ordonna ſoudain
qu'õ luy en fit de meſmes d'hyuoire : Ses
maiſtres ouuriers ſont apres à y trauailler. Ce Prince eſt aagé quaſi de 30. ans,
nous faiſt beaucoup de demonſtrations
d'amour, & procure enuers le Roy tout
ce de quoy nous auons affaire.

Le premier iour que nous parlaſmes à
luy, il nous promit de nous faire donner
tout ce qui nous eſt neceſſaire pour faire
vne Egliſe, & procura enuers le Roy que
il nous donnaſt vne place pour la baſtir,
& à preſent, qui eſt le temps d'hyuer en
ce pays, nous tenant propos touchant ce
fait, nous confirma le meſme, & dit qu'il
feroit enuers ſon pere qu'il aſſignaſt prõ-
ptement ceux qui deuoient executer ceſt
affaire. Le Roy a donné licence que tous
ceux qui voudroient ſe puiſſent faire
Chreſtiens : a banny tout à faiſt loing de
ſoy Mahomet : il encline touſiours à la

Gentilité, adore Dieu & le Soleil, fait du prophete, & veut dõner à entendre qu'il fait miracles, donnant santé aux malades auec l'eau où il a laué ses pieds: Plusieurs femmes luy font vœu s'il rend la santé à leurs enfans, ou s'il leur fait ceste grace de leur donner des enfans. Quãd il arriue qu'ils guerissent, elles luy apportẽt leurs offrãdes, qu'il reçoit publiquement tant petites soiẽt-elles. Les Gẽtils sont main-tenãt ses fauoris, & ne sçay cõme les Mores le peuuẽt supporter: car il se mocque grandement de Mahomet. Toute nostre occupatiõ pour encores est d'apprendre la langue Persiéne, & selõ le progrez que nous y faisons, nous nous confions en la misericorde de Dieu, qu'auãt vn an nous la parlerõs, & lors pourrõs dire que nous sommes en vogue, ou iusques à present auons esté cõme statues muettes. Plaise à Dieu nostre Seigñr tres-misericordieux n'auoir esgard à nos pechez, ains regardant au prix que ces ames luy ont cousté, nous dõner & à nos lãgues telle efficace pour parler, & leur toucher tellement le cœur, que le fruict de nos labeurs s'ensuiue tel q̃ V. P. & toute la cõpagnie attend. Pour cest effect no⁹ no⁹ recõmandõs aux

L v

ſaincts ſacrifices & oraiſons de V. P. De ceſte Cour de Lahor, le 20. d'Aouſt, 1595.

Si V. P. enuoyoit quelque belle grāde Image de noſtre Dame, ou de la Natiuité à ce Roy, & au Prince ils la receuroient auec beaucoup d'amour & grāde eſtime. Nous en voudriōs quelques petites pour aucuns Chreſtiēs qui les requierent auec tres-grande affection, enſemble quelques autres choſes de deuotion.

De V. P.   Fils en noſtre Seigneur.

Hieroſme Sciauter.

COPPIE D'VNE LETTRE qu'eſcrit le P. Emanuel Pignere du Mogor. Au P. Jean Aluares, du 3. Septēbre, 1595.

PAr celle que i'eſcriuis à V. R. l'année paſſée elle eſt deſia aduertie de noſtre miſſion, & par ceſte-cy ie luy dōray aduis de noſtre voyage & de ce qui eſt arriué iuſques à preſent. Si ie ſuis vn peu lōg, ie prie V. R. me pardonner, parce que ie le fais afin qu'elle puiſſe encore rendre côte du tout à noſtre Pere, parce que ie luy eſcris aſſez briefuement.

Le 3. de Decēbre 1594. nous partiſmes de Goa dās vne galere, laquelle nous porta iuſques à Daman la derniere de nos villes. De Damā nous allaſmes à Cābaia, premiere Ci.é du Guſſaratte ſubiecte au grand Roy de Mogor, laquelle eſt grãde comme Ebora en Portugal, biẽ garnie de belles maiſons, les ruës de laquelle ſe ferment toutes les nuiĉts auec portes bõnes & bien fortes, comme portes de ville. La plus grand' part du peuple eſt de la ſecte des Brachmanes, leſquels ont couſtume de ne point mãger de chair ni tuer aucun animal qui ait vie, ains au cõtraire rachetent les oiſeaux & autres animaux eſtropiez & malades, & les portent à vn hoſpital edifié pour ceſt effect, lequel i'ay quelquesfois viſité. En ceſte ville y a grande cherté d'eau, mais il y a des viuiers, grãds comme pourroit eſtre la place de Liſbone qu'on appelle Rozzie, dãs leſquels on amaſſe l'eau en hyuer. De ceſte ville pluſieurs võt en pelerinage à Ganga (autrement Vengala) & ſ'y en võt quelquefois biẽ 40. mille perſonnes, quelquesfois plus, quelquesfois moins. Le Capitaine de Vengala lequel i'ay veu icy en Lahor, me dit, que quelquesfois ils ſont à Gãga, iuſques à 3. & 4. cents mille perſonnes, venues là en pelerinage. Entre autres vn homme y alla lequel donna trois fois le peſant de ſa mere, la premiere d'argẽt, la seconde d'or, la 3. de perles. En ce lieu de Guſſarato ie vis pluſieurs Geoge (ce ſont comme Religieux) fort auſteres en pau-ureté & penitence. Lors qu'il fait bien froid ils vōt ſans habit, ils dormēt deſſus des fumiers, ou monceaux de cendres, & s'en couurent la teſte & la face. Ie vis vn lieu ou demeuroit vn Gioge lequel eſtoit tenu pour ſainct, au milieu d'vne place de la ville d'Amadeta, auquel accouroit plus grãd nōbre de perſonnes que n'ac-courent au port de Liſbone, lors que les Nauires des Indes arriuent.

Ce Gioge eſtant appellé par le Prince Soldã Morad fils d'Echebar, Roy de Mo-gor, n'y voulut pas aller, diſant que le Prince viēne luy meſmes icy, ma ſainctе-té merite bien qu'il vienne vers moy. Ce qu'ayãt entendu le Prince, le fit prendre, & l'ayant bien fait foüetter, le bannit & chaſſa de là. En ceſte ville nous trouuaſ-mes le Soldan Morad, ſecōd fils du Roy de Mogor, lequel ayant eſté aduerty de noſtre arriuée, nous voulut voir; & ordō-na que nous l'alliſſions attendre à la for-tereſſe, où il vint s'eſtant party de ſon Camp, qui eſtoit à vne lieuë de là. Il nous receut auec fort grand hōneur, nous fai-

sant diuerses demādes de plusieurs choses. De là peu de iours il partit pour s'en
aller à la guerre contre le Roy de Cadan,
mais auāt que partir il nous fit appeller,
& nous dist: Ie sçay bien que vos reueré-
ces ne veulēt rien prēdre, mais auec tout
cela si aurez vo° besoing de quelque cho
se pour faire vostre voyage. Auant que
nous luy fissions responce, il mōta sur vn
grand Elephāt, & de celuy là sauta sur vn
autre plus grand , lequel sembloit vne
tour. Estāt de retour en nostre logis, nous
y trouuasmes trois cens pieces d'or, val-
lāt cinq laris chacune (qui est plus qu'vn
escu d'or) trois cheuaux & trois chariots,
auec six bœufs tres-beaux. Tout cecy
nous seruit tresbien pour nostre voyage,
qui fut bien lōg, par ce que nous n'auiōs
prins le chemin que le Roy nous auoit
ordonné. Ce peuple icy, pour estre des
Brachmās, ne tue pas les vaches, mais les
tient cōme meres, quād elles meurent ils
dient que si leur ame est bōne, elle entre
dās vne autre vache. Ie vis sur vne rue de
la ville de Amadana vne vache qui s'en
alloit mourir, à laquelle ils portoient de
l'herbe fraische, & luy chassoiēt les mou-
ches , & durant les deux ou trois iours

qu'elle vefcut il ny eut pas faute d'hommes pleins de cõpaffion, qui l'affiftoient:
tant eft grãd l'aueüglement où la lumiere de l'Euangile n'efclaire point. A vne
lieuë & demie de cefte Cité ie vis vn tres
beau cimetiere, digne à la verité d'eftre
veu: i'ofe dire à voftre R. que ie n'ay veu
iamais chofe plus belle. Il y auoit le fe-
pulchre d'vn Cazia, maiftre d'vn Roy de
Guffarato, lequel fit faire ceft ouurage, &
luy & trois autres Roys font enfeuelis
en vne autre chappelle. L'ouurage eft
tout de marbre poli, tres fin & tres beau,
la maffonnerie eftoit faicte de mefme, &
auoit trois cours, en vne feule defquelles
ie contay quatre cens quarante colõnes,
toutes de marbre, chacune de trête pieds
de haut auec leurs chapiteaux & báfes à
la Corinthienne, ouurage Royal & magnifique. D'vn cofté y auoit vn eftang
d'eau plus grãd que la place de Lifbonne,
appellée Roffio, tout elabouré auec vn
merueilleux artifice: il y a plufieurs beaux
feneftrages qui regardẽt vers ceft ouurage, edifice tres-rare. Ie vis là mefme encore plufieurs Mores & Moreffes, lefquels venoient de bien loing du cofté de
la terre ferme, & m'efmerueillant de les

voir si craintifs des Portugais, apprins
qu'ils alloient tous à la Mecque,& parce
qu'ils ne pouuoient passer là sans congé
des Portugais, les craignoient fort. C'est
vne chose plaisante qu'encore bien que
ce faux Prophete, leur ait deffendu par
escrit, qu'aucune femme n'aille à la Mecque qui ne soit mariée, neantmoins les
vieilles aussi bien que les ieunes se marient pour s'y en aller,&quand elles sont
de retour, rompent leur mariage. Nous
partismes d'Amadaba le 19. de Mars,& le
14. du mesme arriuasmes à vne autre Cité appellée Patarra, & parce que c'estoit
le soir de la veille de Pasques, nous demeurasmes là trois iours, & y celebras-
mes la feste. Plusieurs Chrestiens qui s'en
alloient à la Carauane, se confesserent
là: nous y trouuasmes quelques Arme-
niens, qui n'auoiët pas receu la reformation du Calendrier: neantmoins de peur
qu'ils eurent, ayans à repasser par nos terres, où pour autant qu'ils entendirent la
verité, ils firent Pasques auec nous, excepté vn vieux Docteur opiniastre, lequel
dist que nous nous abusions de cinq sep-
maines, & qu'il ne tenoit point l'Eglise
Romaine pour chef: cestui-cy fit Pasques

le dernier Dimanche auant l'Afcenfion.
Nous pourfuiuimes depuis noftre voyage,& trouuafmes plufieurs & fort grãdes
Cités,mais toutes ruinées principalemẽt
les Mofquées. Ie ne remarquay point,
qu'on en baftit pas vne de nouueau, ny
qu'on en refit aucune. La plus grãd part
de ce peuple eft Gentil.Nous fouffrimes
beaucoup en ce voyage à faute d'eau, car
celle que nous trouuiõs en chemin eftoit
falée;cõme celle de la mer.Si ie n'en euffe moy-mefme faict l'eflay, ie ne l'euffe
pas creu. Nous auions fort peu de viures
mais beaucoup de chaleur en vn voyage
fort lõg.Le cinquiefme de May nous arriuafmes à Lahor,qui eft la Cité capitale,
où fait fa refidéce Echébar auec fa Cour,
nous fufmes trefbien receuz de luy,& du
Prince fon fils, qui nous embraffa fort
amiablement, & fit demonftration d'e-
ftre bien ayfe de noftre arriuée.Il ordonna tout auffi toft qu'on nous logeaft en
vne belle maifon, où il auoit fait fa demeure, tout contre vne belle & grande
riuiere, qui n'eft efloignée de nos fene-
ftres que neuf ou dix pieds. En ce lieu
n'entrent que les Chreftiens qui viennẽt
ouyr la Meffe: & des Mores & Gentils

ceux que nous voulons: car les gardes ne
les laiſſent paſſer ſans noſtre congé. Le
Roy nous enuoya querir le ſoir enſui-
uant, & nous monſtra certaines Images
de noſtre Seigneur & de la ſacrée Vierge,
qu'il tenoit entre ſes bras cõme ſi c'euſt
eſté vn de nos peres. Nous nous miſmes
à genoux ayant veu les ſainctes Images:
Ce que nous ayant veu faire, vn petit fils
du Roy, fils du Prince, aagé ſeulement de
dix ans, ſe mit auſſi à genoux auec les
mains ioinctes: dequoy le Roy ſ'eſtãt apperceu, ſ'adreſſa au Prince & luy dit, Voyez voſtre fils. Quelque temps apres qui
fut vne feſte de noſtre Dame, il nous pre-
ſta ſes tableaux pour les mettre dans nõ-
ſtre Chappelle. Depuis il nous mõſtra ſes
liures, qui eſtoient en grande quantité &
fort beaux, la Bible Royale, vne autre Bible, les Concordances, les quatre parties
de la ſomme de S. Thomas, & contra-
gentes, vn autre liure contre les Iuifs &
Sarraſins, Soto, S. Antonin, l'hiſtoire des
Papes, les Chroniques de S. Frãçois, Syl-
ueſter, Nauarre, & Caietain, de chacun
deux exemplaires: les ordonnances de
Portugal, les Commentaires d'Alphon-
ce Dalbuceque, les conſtitutions de la

cōpagnie, les exercices, l'art du P. Aluares , & plusieurs autres liures , il nous
bailla tous ceux que nous voulusmes. Ie
n'ay point apperceu q̃ le Roy fist à pas vn
des siens, ce qu'il nous faict, nous faisant
seoir l'vn apres l'autre pres de soy , sur sō
lit propre , auquel luy seul , & le Prince
ont accoustumé d'estre assis. Il a de coustume de sortir à vne galerie qui est au
dessus de la place du Palais , là où tous
ses Capitaines, & tous les autres Seigneurs qui sont en grand nōbre , le vont
trouuer. Nous l'allons aucunes fois visiter là, & tout aussi tost qu'il nous void, il
nous reçoit auec vn fort grand accueil,
enclinant la teste vers nous , & nous faisant approcher dauãtage de luy, & mettre en vn bon lieu. Ce qu'il ne faict à pas
vn des Roys ny Princes qui luy assistent,
partie desquels il a prins à force d'armes, & d'autres luy ont dōné leurs Royaumes,& le sont venus seruir. Il me semble qu'il a là cinq ou six Roys , & vingt
six Princes fils de Roys . C'est vn tres-
grand Seigneur, & qui a le plus de thre-
sors apres le Roy de la Chine . Ce n'est
merueille veu qu'il est Seigneur pro-
prietaire de tous ces Royaumes , car

tous les biens d'iceux luy appartiénent.
Outre cecy on luy enuoye de tres-gráds
presents. Dás l'espace de huict iours on
luy apporta en presents plus d'vn milliõ
d'or. Le Vice-Roy de Canaha, frere ou
cousin du Satamas, luy donna tout son
Royaume, & le vint seruir. Il arriua icy
le iour de S. Augustin 28, d'Aoust, Echebar le receut estát assis, & ce pauure Roy
vint de fort loing s'enclinant & faisant
la reuerence, mettát la main en terre, &
puis dessus sa teste. Quád il arriua aupres
du Roy de Mogor, on le visita, pour voir
s'il portoit d'armes, puis il s'approcha
pour toucher les pieds du Roy de Mogor, qui ne luy fit aucun signe ny demõ-
stration de courtoisie, sinon qu'il luy ietta les bras dessus le col & rien plus. Ce
nouueau vassal s'estant releué, demeura
debout parmy les autres Capitaines, sás
aucune difference des autres courtisans,
quoy qu'il fut aagé de trente cinq ans. Il
apportoit vn present au Roy de Mogor
qu'on estimoit deux cents mille pieces
d'or de plus d'vn escu la piece: c'estoient
deux dagues auec leurs ceinturons tous
d'or & pierres precieuses, comme rubis
&c. deux carraffes d'or : deux grandes ai-

guieres & vne petite de mesme, vn cheual auec son harnachemēt tout garny de
fines pierres precieuses, enchassées en
or, autres cēt cinquante cheuaux, dix iu-
mēts, cinquante chameaux couuerts de
velours vert & cramoisi, quatre tapis de
deux mille ducats chacun. Il estimoit à
grande faueur que le Roy voulut accepter ces presēs. On disoit neāmoins qu'il
n'accepteroit pas tout, mais i'en doubte.
Apres cestuy-cy il receut vn autre presēt
nō moindre de son fils le Soldan Moral,
que i'ay dict cy dessus faire sa demeure à
Hussarato, qui fut de cinquāte Elephāts,
de valleur de plus de cēt cinquāte mille
ducats, 50. cheuaux, vn carrosse tout d'or
& vn autre d'argēt, & vn autte ioyau de
grosses perles: & outre cela plusieurs autres choses precieuses. Soudain apres arriua vn autre presēt du Vice-Roy de Vā-
gala, lequel on disoit mōter huict cents
mille ducats, cōprins trois cēts Elephāts.
Ce luy est chose ordinaire de receuoir
chasque iour quelque presēt. En vne feste qu'il solēnise qu'on appelle Nerressa,
on luy faict de grāds dōs, de sorte qu'on
dit qu'vn Capitaine luy fit vn presāt mō-
tant à vn demy milliō d'or: les autres di-

fent qu'il arriuoit à vn million. L'Empire de ce Mogor s'eſtéd du coſté de Câba-
ia iuſques à l'Horte, quatre cẽs lieuës, &
de l'Orient vers le couchant, ſçauoir eſt
de Vengala au Schindo ſix cens lieuës.

Le Roy nous a dit pluſieurs fois, cõme
auſſi le Prince, que nous fiſſions vne E-
gliſe, mais pour certaines cõſiderations
nous faiſõs ſemblãt de nous en eſtre ou-
bliez. Le iour de la feſte de noſtre Dame
aux neges le Roy vint à nous repliquer:
Peres faites vne Egliſe, & enſẽble faites
Chreſtiens tous ceux qui de leur franche
volonté le voudrõt eſtre: Nous le reque-
rants qu'il luy pleuſt nous dõner vn bre-
uet de cecy ſigné de ſa main, il nous reſpondit, que c'eſtoit aſſez qu'en euſſions
vne eſcripture viue. Le Prince nous a dit
pluſieurs fois qu'il fourniroit tout ce
qui ſeroit neceſſaire pour la faire. Il nous
a dõné vn beau lieu qui eſt en belle aſſie-
te tout proche du Palais, nous eſperons
auec la grace de Dieu qu'il s'y fera du
fruiçt. Car le Roy a deſtruiçt la fauce ſe-
çte de Mahomet, & luy a faiçt perdre
tout ſon credit. En ceſte ville n'y a pas v-
ne Moſquée, ny Alcorã, qui eſt le liure de
leur loy. Les Moſquées qui y eſtoiẽt, ont

esté cōuerties en estables de cheuaux &
en magasins. Et pour plus grande confu-
sió des Mores, tous les vēdredis on faict
venir quarante ou cinquanre pourceaux
pour cōbatre deuant le Roy, lequel prēd
leurs dens & les faict enchasser en or. Ce
Roy faict de soy mesmes vne secte, & se
faict appeller Prophete. Il a desia plusieurs personnes qui le suiuēt, mais c'est
seulement par le moyen de l'argēt qu'il
leur donne. Il adore Dieu & le Soleil, &
si est Gētil. Il suit la secte des Vertea, qui
sont comme religieux, viuēt en congregation, & font beaucoup de penitences,
ne mangēt aucune chose qui ait eu ame,
& auant s'assoir balient la place auec vn
balay de cotō, de peur qu'il ne demeure
quelque vermisseau soubs eux, & qu'ils
le tuent en s'assiant dessus. Ceux cy tiennent que le mōde a esté de toute eterni-
té, encore que quelques vns d'iceux diēt
que non, mais que plusieurs mondes sōt
ià passez & par ce moyen ils disent plusieurs sottises, que ie laisse à dire pour
n'apporter ennuyà V. R. Nous apprenōs
à parler la langue Persienne, ayāt le Roy
ordonné que nous missions peine de la
sçauoir, affin que nous puissions traicter

auec luy feuls des chofes de noftre loy.
Nous tenons icy efchole & viennent à
nous quelques fils des principaux Capitaines, & trois fils d'vn Roy, lequel eft
feruiteur du mefme Echebar. De ces efcholiers il en y a deux qui defirent eftre
Chreftiens, & le demãdent. Vn troifiefme eft fi efmeu qu'il reffemble à vn de
nos plus deuots efcholiers, qui deman-
dent d'eftre religieux. Ceftuy-cy entra
dans la chappelle fe mit à genoux deuãt
noftre Seigneur Iefus, & en iettant le
Turbã par terre, s'efcria, difant, Seigneur
Iefus Chrift fils de Dieu ayez memoire
de moy. Noftre Seigneur le veuille fecourir & accõplir fes faincts defirs. Aucuns font Cathecumenes, les autres font
defia faicts Chreftiés, lefquels bien qu'ils
ne foient des principaux de la ville, toutesfois sõt du nõbre de ceux qui ont efté
racheptez par le fang precieux de noftre
Seigneur. Il y eut vn More qui demanda
vn iour à vn de nos efcholiers, pourquoy
il beuuoit, eftãt iour de leur ieufne : & qui
commandé, refpõdit ce ieune efcholier,
qu'auiourd'huy foit ieufne ? Mahomet
dit le More. A quoy refpõdit l'efcholier,
& qui eft Mahomet finon vn faux Pro-

phete, & vn trompeur? Le mefme ieune
homme le iour de l'Affomptiõ de la glo-
rieufe Vierge dit publiquemēt en la prefence d'vn grand nombre de perfonnes,
qu'il vouloit eftre Chreftien, & que cela
feroit fa grãde gloire.Les Mores demeurerent cõme tous pafmez, & l'vn d'iceux
luy dit.Si tu es Chreftien, incorpore toy
auec les Chreftiens, & te mets auec eux.
Lors ceftui-cy s'en va à la chappelle,& fe
mit à faire oraifon , a yant prins premierement de l'eau benifte. Ie pourrois
raconter plufieurs autres chofes femblables à V. R. mais ie finis icy, de peur de
l'ennuyer par trop. Ie la requiers feulement qu'elle fevueille fouuenir de nous,
& qu'elle no⁹ enuoye quelques reliques
pour ces nouuelles plantes, & demande
pour moy la benediction au R. P. General, & auec cecy ie me recommande à
fes S.Sacrifices. De cefte Cour du grand
Mogor le 3. Septembre 1595.

De V. R.
Fils indigne en noftre Seigneur.
Emanuel Pignero.

L. D. O. M. V. Q. M.